D1603832

Los casos del comisario Croce

Ricardo Piglia

Los casos del comisario Croce

EDITORIAL ANAGRAMA

BARCELONA

Ilustración: foto © Henri Cartier-Bresson / Magnum Photos / Contacto

Primera edición: septiembre 2018
Segunda edición: enero 2019

Diseño de la colección: Julio Vivas y Estudio A

© Ricardo Piglia, 2018
   c/o SCHAVELZON GRAHAM AGENCIA LITERARIA
   www.schavelzongraham.com

© EDITORIAL ANAGRAMA, S. A., 2018
   Pedró de la Creu, 58
   08034 Barcelona

ISBN: 978-84-339-9860-6
Depósito Legal: B. 16921-2018

Printed in Spain

Reinbook serveis gràfics, sl, Jonqueres, s/n, Pol. Ind. Molí de la Potassa
08208 Sabadell

El filósofo produce ideas, el poeta poemas, el cura sermones, el profesor compendios, etcétera. El delincuente produce delitos. Fijémonos un poco más de cerca en la conexión que existe entre esta última rama de producción y el conjunto de la sociedad y ello nos ayudará a sobreponernos a muchos prejuicios. El delincuente no produce solamente delitos: produce, además, el derecho penal y, con ello, al mismo tiempo, al profesor encargado de sustentar cursos sobre esta materia y, además, el inevitable compendio en que este mismo profesor lanza al mercado sus lecciones como una «mercancía». Lo cual contribuye a incrementar la riqueza nacional, aparte de la fruición privada que, según nos hace ver un testigo competente, el señor profesor Roscher, el manuscrito del compendio produce a su propio autor. El delincuente produce, asimismo, toda la policía y la administración de justicia penal: comisarios, jueces, abogados, jurados, etcétera., y, a su vez, todas estas diferentes ramas de industria, que representan otras tantas categorías de la división social del trabajo, desarrollan diferentes capacidades del espíritu humano, crean nuevas necesidades y nuevos modos de satisfacerlas. Solamente la tortura ha dado pie a los más ingeniosos inventos mecánicos y ocupa, en la producción de sus instrumentos, a gran número de honrados artesanos.

El delincuente produce una impresión, unas veces moral, otras veces trágica, según los casos, prestando con ello un «servicio» al movimiento de los sentimientos morales y estéticos del público. No solo produce manuales de derecho penal, códigos penales y, por tanto, legisladores que se ocupan de los delitos y las penas; produce también arte, literatura, novelas e incluso tragedias, como lo demuestran no solo *La culpa,* de Müllner, o *Los bandidos,* de Schiller, sino incluso el *Edipo* (de Sófocles) y el *Ricardo III* (de Shakespeare). El delincuente rompe la monotonía y el aplomo cotidiano de la vida burguesa. La preserva así del estancamiento y provoca esa tensión y ese desasosiego sin los que hasta el acicate de la competencia se embotaría. Impulsa con ello las fuerzas productivas. El crimen descarga al mercado de trabajo de una parte de la superpoblación sobrante, reduciendo así la competencia entre los trabajadores y poniendo coto hasta cierto punto a la baja del salario, y, al mismo tiempo, la lucha contra la delincuencia absorbe a otra parte de la misma población. Por todas estas razones, el delincuente actúa como una de esas «compensaciones» naturales que contribuyen a restablecer el equilibrio adecuado y abren toda una perspectiva de ramas «útiles» de trabajo.

Podríamos poner de relieve hasta en sus últimos detalles el modo como el delincuente influye en el desarrollo de la productividad. Los cerrajeros jamás habrían podido alcanzar su actual perfección si no hubiese ladrones. Y la fabricación de billetes de banco no habría llegado nunca a su actual refinamiento a no ser por los falsificadores de moneda. El microscopio no habría encontrado acceso a los negocios comerciales corrientes si no le hubiera abierto el camino el fraude comercial. Y la química práctica debiera estarles tan agradecida a las adulteraciones de mercancías y al intento de descubrirlas como al honrado celo por aumentar la productividad.

El delito, con los nuevos recursos que cada día se descubren para atentar contra la propiedad, obliga a descubrir a cada paso nuevos medios de defensa y se revela, así, tan productivo como la ingeniería, en lo tocante a la invención de máquinas. Y, abandonando ahora el campo del delito privado, ¿acaso sin los delitos nacionales habría llegado a crearse nunca el mercado mundial? Más aún, ¿existirían siquiera naciones? ¿Y no es el árbol del pecado, al mismo tiempo y desde Adán, el árbol del conocimiento? Ya Mandeville, en su *The Fable of the Bees* (1705), había demostrado la productividad de todos los posibles oficios, etcétera., poniendo de manifiesto en general la tendencia de toda esta argumentación: «Lo que en este mundo llamamos el mal, tanto el moral como el natural, es el gran principio que nos convierte en criaturas sociales, la base firme, la vida y el puntal de todas las industrias y ocupaciones, sin excepción; aquí reside el verdadero origen de todas las artes y ciencias y, a partir del momento en que el mal cesara, la sociedad decaería necesariamente, si es que no perece.»

KARL MARX (1857)

1. LA MÚSICA

Estaba amaneciendo cuando el comisario Croce sintió un rasguido en el aire, como una música. Después, a lo lejos, vio un resplandor, tal vez era el fuego de un linyera o una luz mala en el campo. «Comparo lo que no entiendo», pensó. La realidad estaba llena de señales y de rastros que a veces era mejor no haber visto. Desde hacía meses vivía de prestado en la casa medio abandonada de un puestero en la estancia de los Moya, esperando que se resolviera el expediente de su cesantía y le pagaran la jubilación. El resplandor se había apagado de golpe, pero la claridad persistía al fondo de la hondonada. Las vacas se habían arrimado al alambrado y mugían asustadas por esa luz tan blanca. El cielo estaba limpio, y en el aire vio un pájaro —«una calandria», pensó— que volaba en un punto fijo, aleteando sin avanzar.

Bajó por el cauce del arroyo seco y cortó camino entre las casuarinas. El Cuzco lo seguía, olfateando la huella con un quejido, el pelo hirsuto, la mirada vidriosa.

—Vamos —le dijo Croce—. Tranquilo, Cuzco.

De pronto el perro salió corriendo y empezó a ladrar y a hurgar en la tierra. En el pasto, en medio de un círculo de ceniza, había una piedra gris. Croce se agachó y la estudió; se levantó, la miró de lejos, volvió a inclinarse y pasó la mano abierta por el aire, sin tocarla. Era como un huevo de avestruz y estaba tibia. Cuando la alzó, el pájaro que volaba inmóvil pareció quedar suelto y se alejó con un graznido hacia los álamos. El material era rugoso, muy pesado; el objeto venía de los confines del universo. Un aerolito, decidió Croce.

En el almacén de los Madariaga todos festejaron la llegada de Croce con la piedra («el cascote») que había caído del cielo. La apoyaron sobre una mesa y vieron que era un imán: sintieron un tirón en las rastras, las tijeras de esquilar del viejo Soto no se abrían, las monedas se deslizaban por la tabla y hasta los cascarudos y un mamboretá fueron atraídos por la piedra y quedaron pegados en el borde.

–Se puede hacer plata con esa cosa –dijo Iñíguez.

–En un circo –arriesgó Soto.

–En la ruleta, en Mar del Plata... –siguió Ibáñez–. La movés y la bolita va al número que quieras.

–Tiene un silbido –dijo Soto, escuchando con una mano en la oreja.

–Es la ley de gravedad –dijo Croce–, lo que pesa, se viene abajo... –Los parroquianos lo escuchaban, intrigados–. Vaya uno a saber en qué época empezó a caer y a qué velocidad. Parecía una llamarada en el campo...

–La enciende la fricción en la atmósfera –tanteó Ibáñez.

–Hay que dar cuenta –dijo Madariaga.

–Claro. Prestame el teléfono –dijo Croce.

Tenía que ver. Llamó a Rosa, la bibliotecaria del pueblo, y ella le dijo que iba a averiguar. Croce pidió una ginebra, la primera del día era siempre la mejor. Por ahí la piedra le cambiaba la suerte.

12

Al rato lo llamó Rosa. Había hablado con Teruggi, del Museo de Ciencias Naturales de La Plata, sí, era un aerolito, tenían que analizarlo, y además le dijo que los objetos extraterrestres son de quien los encuentra y no del dueño del lugar donde caen. A Croce le gustó esa distinción y también la palabra extraterrestre.

–Dice que te van a recompensar y qué querés.

–Cómo qué quiero...

–A cambio. Plata no, algo...

–No sé. –Se quedó pensando–. Un telescopio.

Rosa se largó a reír.

–¿Y para qué un telescopio?

–Para verte a vos de lejos...

–Mirá qué bien... Cualquier cosa podés pedir –siguió ella–. En el universo no hay propiedad. Pensalo –dijo, y cortó.

Un trueque, eso también le gustó. A veces, en tiempo de sequía, no había un peso en el pueblo y al maestro le pagaban con gallinas, a Croce no le cobraban la comida en el restaurante del hotel, a Rosa le pagaban el sueldo con medicina para el dolor de los huesos. Siempre había querido tener un telescopio. En la noche, en el campo, se puede ver muy bien el firmamento. La luz de las estrellas no viene del espacio, viene del tiempo. Soles remotos, muertos hace miles y miles de años. Pensar eso lo aliviaba cuando no podía dormir y en la cabeza le zumbaban los presagios y los malos pensamientos. Con el telescopio, por ahí las noches se le hacían cortas y algo podía aprender sobre el universo.

Lo sacó de la meditación una llamada del doctor Mejía, un abogado de La Plata que le estaba tramitando la jubilación y el retiro. Querían consultarlo sobre el asunto del marinero yugoslavo que había matado a una copera en un piringundín de Quequén. Croce había leído algo sobre el asunto.

–Messian, el defensor de oficio, anda desorientado y quiere que visites al detenido.

–¿Para?

–Nadie lo entiende, habla en croata...

–¿Y yo qué puedo hacer?

–Andá a verlo, pobre pibe. Está preso en Azul.

A mediodía subió al coche y salió para el sur. Lo consultaban como si estuviera en actividad y le decían comisario y él era un excomisario, estaba retirado, en disponibilidad, pero lo llamaban igual al teléfono del almacén de los Madariaga, como si fuera su despacho. «Sí, claro, cómo no», pensaba, «un despacho de bebidas...» Lo divirtió el símil. «Mi despacho», pensó. Podía poner una bandera y un retrato del general San Martín y detener a todo el mundo, menos a los borrachos y a los que vendían whisky de contrabando. Había dejado el aerolito al cuidado de Rosa en la biblioteca.

–Ojo, atrae todos los metales... –le había dicho.

–Ya veo –dijo Rosa–. Me tironea la rodilla. Subila ahí, en el costado.

Tenía una rótula de aluminio, pero caminaba sin renguear, bella y liviana, y con el bastón le mostró el hueco en la estantería donde ubicar la piedra.

La miraron un rato.

–Brilla.

–Titila. Parece que estuviera viva –dijo Rosa.

A veces dormía con ella. Dormir es un decir, se pasaban la noche conversando, discurriendo, tomando mate. De vez en cuando se metían en la cama. A Rosa no le gustaba que los vieran juntos. Nadie quiere que lo vean con un policía.

«Pero yo soy un expolicía, estoy retirado.» Ella se reía, se iluminaba. «Por eso no, Croce..., es que sos muy feo.» En la cárcel lo estaba esperando el abogado de oficio, flaquito y activo, fumaba nervioso. Y mientras entraban le hizo un resumen del caso.

La noche del 8 de mayo de 1967, después de desembarcar en Quequén, Sandor Pesic, junto con otros tres marineros del barco *Belgrado,* que venía a cargar trigo en los silos del puerto, se fue a tomar unas copas al bar Elsa, un cabaret en la zona mala del puerto. Estuvieron un rato ahí bebiendo cerveza con las chicas. Sus compañeros se retiraron, pero Pesic se quedó porque le gustaba estar bajo techo, en la luz, sentado a una mesa, «como si fuera de ahí», dijo el abogado, y concluyó, amargado, «me saqué la lotería con este individuo». «Debe pensar que individuo es una palabra jurídica», pensó Croce mientras pasaban los retenes y las rejas y cruzaban los pasillos. «Un masculino, podría haber dicho», pensó Croce, «cómo no, un varón, un mocito desgraciado sería mejor.»

Pesic, solo y algo bebido, sin hablar castellano, presenció esa noche una pelea de las alternadoras Nina Godoy y Rafaela Villavicencio con un cliente. Como la pelea subía de tono, Pesic quiso intervenir para calmarlos, pero recibió un golpe en la cabeza que lo dejó inconsciente. Cuando despertó, Nina estaba muerta en el piso y la otra mujer gritaba y lloraba pidiendo ayuda. El hombre, el cliente, ya no estaba. La policía detuvo a Pesic cuando volvió al barco. Había huido, asustado, en medio del tumulto. Lo encarcelaron, el *Belgrado* partió y él quedó solo, en este país perdido.

En el juicio lo declararon culpable del asesinato de Godoy y lo condenaron a veinte años de prisión. De las muchas personas que testimoniaron, Pesic era el único sin antecedentes penales. Rafaela, única testigo de lo que había pasado esa noche, declaró cinco veces y en todas contó una historia distinta. Al escuchar la sentencia, el marino se agarró la cabeza y empezó a llorar mientras murmuraba en su idioma.

El abogado de oficio preparaba la apelación y no sabía para dónde agarrar.

–Usted, Croce, quién sabe, por ahí encuentra algo...

–Mejor voy solo –dijo el comisario.

El yugoslavo era un chico rubio, de cara flaca y ojos celestes, tendría dieciocho años, calculó Croce, diecinueve cuando más, y estaba sentado en el catre, con la espalda apoyada en la pared. En el hueco de la ventana había puesto una foto donde se lo veía sonriendo y tocando el acordeón a piano al lado de una muchacha con el pelo suelto que lo besaba en la mejilla. Le había puesto una vela y unas flores a la fotografía, como si fuera un altar.

–Qué decís, che, soy el comisario Croce –dijo Croce para abreviar.

El yugoslavo habló un rato en croata y Croce lo escuchó con atención, como si lo comprendiera. Después sacó papel y lápiz y con señas le pidió que le dibujara la escena. Pesic hizo un cuadrado y luego otro al lado y otro cuadrado abajo y otro al costado, como quien hace una pajarera o cuatro mesas de billar vistas de arriba.

En el primer cuadrado hizo unas rayas y había que imaginar –por el birrete– que era un marinero sentado a una mesa con dos mujeres –a las que les había dibujado las melenitas– y varias botellas.

«Nina y Rafaela», pensó Croce.

En el segundo estaba el marinero tirado en el piso, con puntos negros en lugar de ojos y zzzz escrito al lado, en el idioma universal de las historietas.

16

«Estaba borracho y se había dormido o lo habían dormido de un golpe.»

En el otro dibujo, junto al muñequito acostado, había una puerta cerrada y un globito que decía toc, toc.

«Dormido había soñado o había oído que alguien golpeaba la puerta», dedujo Croce.

En el último dibujo aparecía una de las mujeres tirada en el piso y Pesic sostenido de los brazos por dos muñequitos forzudos.

–Y cuando estabas dormido o desmayado, golpearon la puerta –dijo Croce.

Pesic lo miró sin entender, Croce le mostró el segundo dibujo y Pesic volvió a hablar largamente haciendo gestos con la mano, quizá con la ilusión de que lo comprendiera. Imposible. Entonces Croce puso las manos juntas en la cara y cerró los ojos.

–¿Estabas dormido? –preguntó.

Pesic negó con la cabeza, expectante.

–¿Cómo no? Primero entra uno y después el otro –dijo Croce mostrando primero un dedo y después dos–. ¿O fue uno solo que golpeó dos veces?

Pesic dijo que no con un gesto. Croce recordó de pronto que en los Balcanes, para decir sí, hacían el gesto de sacudir la cara de un lado al otro, y movían la cabeza de arriba abajo para decir no.

–Ahá –dijo Croce–. Sí.

El chico sonrió por primera vez. Después mostró un dedo y después dos dedos.

Uno había golpeado dos veces. Raro.

–¿Te despertó o lo oíste en sueños? –preguntó Croce.

Pesic hizo unos gestos incomprensibles pero después cerró los ojos y Croce infirió que había escuchado los golpes mientras dormía.

–Si habían golpeado a la puerta dos veces, era una señal. Entonces el crimen había sido planificado y no era el resultado de una pelea casual. Y usaron a Pesic de chivo expiatorio. Primero lo desmayaron... –Croce había hablado en voz alta como le sucedía a veces mientras pensaba para adentro y Pesic lo miró asustado.

–No entendés ni jota –le dijo Croce.

El chico se tapó la cara y empezó a llorar. Croce le apoyó la mano en la cabeza.

En la pared del fondo de la celda había una leyenda grabada en la piedra. *Meo sangre. Soy José Míguez. Yuta puta.* Había cruces para marcar el tiempo y el dibujo primitivo y brutal de una mujer desnuda con las piernas abiertas. «La muerte siempre llama dos veces», pensó de golpe Croce.

Pesic era el condenado esencial, metido en una historia siniestra, en un puerto miserable, en un país desconocido. «Debe pensar», pensó Croce, «soy el náufrago de todos los náufragos, voy a morir solo en esta celda inmunda.» Pero ¿sería inocente? En el momento del hecho estaba dormido, no podía recordar nada, pero su salvación estaba en ese sueño.

–¿Te acordás qué soñaste? –preguntó Croce, y dibujó torpemente un títere dormido (zzzzz) y luego hizo un globo que le salía de la frente con nubes, un árbol, una casita con una chimenea de la que salía humo. El globo estaba dibujado con una línea de puntos que parecía temblar en el aire.

Pesic tomó el papel y dibujó una escalera circular y un mono subido a un árbol que en el cuadro siguiente ya había bajado y caminaba arrastrando los brazos hasta una puerta cerrada al fondo. Miró a Croce y después dibujó la puerta por el lado de adentro con el toc toc al costado. Se quedó quieto un instante y luego señaló a la chica de la foto y cerró los ojos.

18

«Soñó con ella», dedujo Croce. Pero ¿la escalera y el mono? Esperó a ver, pero Pesic ya se había retirado a su cueva interior y miraba el vacío, hosco y callado. Entonces Croce juntó los dibujos y se despidió con una mueca compasiva.

–Se los llevo al defensor –dijo.

Afuera esperaba el abogado. Cruzaron por los mismos pasillos por los que habían entrado.

–Está embromado el hombre –dijo Croce–. Tuvo un sueño o vio algo mientras estaba dormido. Un mono, una escalera. –Le mostró los dibujos–. En el sueño escuchó golpear dos veces. En realidad era el asesino que venía de la calle. Golpeó la puerta dos veces para avisar... ¿a quién? –dijo Croce, y se voló un poco como siempre que estaba ante un caso difícil–. Los golpes habían sonado antes y no después. Los escuchó en sueños y marcan la entrada del asesino. En un crimen hay siempre una pausa, todo se detiene y vuelve a empezar. Es lo que pasó: alguien entró y mató a la chica. ¿Me entiende?

–Más o menos –dijo el abogado mirando los dibujos–, pero yo ¿cómo lo pruebo?

«Suerte que ya no soy más policía», pensó Croce mientras se alejaba. No podía dejar de pensar en el chico encerrado en la celda. «No tiene a nadie con quien hablar», pensó mientras salía del presidio y subía al auto y lo ponía en marcha. La ruta estaba medio vacía. «¿Qué puedo hacer por el chico?», pensaba mientras conducía y caía la tarde; la luz de los ranchos ardía, a lo lejos, en el campo abierto, y en el horizonte se oía ladrar los perros, uno y más lejos otro y después otro. «Los que no salen nunca de la cárcel son los cristianos como este», pensaba Croce mientras entraba en el pueblo. Cruzó la calle principal y saludó a los que lo saludaron desde las mesas en la vereda del Hotel Plaza.

Por fin detuvo el auto frente a la biblioteca y tocó bocina. Rosa salió y se apoyó en la ventanilla.

–Ya sé lo que quiero a cambio de la piedra que cayó del cielo.

–Ah, bien...

–Una «verdulera», una Hohner me gustaría. –Rosa se empezó a reír–. Sí –dijo Croce–. Ahora, en lugar de resolver los casos, les pongo música.

En las noches de verano, cuando las altas ventanas de la cárcel estaban abiertas, se escuchaba el acordeón a piano de Pesic que tocaba las lejanas melodías de su país. Cuando llegaba el invierno, el sonido dulce de la música solo se oía en los pasillos de la prisión y los presos agradecían poder vivir con el ritmo de esas extrañas canciones en el aire.

El 8 de septiembre de 1972, casi cinco años después de la visita de Croce, fueron detenidos en España dos argentinos de avería, Carlos Farnos y Juan Hankel, que confesaron su responsabilidad en el asesinato de la copera de Quequén. El caso se reabrió. Efectivamente, Farnos estaba en el lugar y Hankel golpeó dos veces la puerta para entrar. El gobernador Oscar Bidegain redujo la pena de Pesic, y el yugoslavo dejó la cárcel de Azul por buena conducta en septiembre de 1973. Tenía veintiséis años. Había pasado años y años preso por un crimen que no había cometido. Al salir declaró que solo deseaba llegar cuanto antes a su pueblo natal, Trebinje, en Yugoslavia. Los diarios señalaron que el único objeto personal que se llevó consigo fue «su acordeón a piano». Y que en su español tentativo y austral dijo que agradecía al «hermano argentino» que se lo había «obsequiado».

«Obsequiado, ¿dónde habrá aprendido ese verbo, el

pobre Cristo?», pensó Croce. Salió al patio con el mate en la mano. Era noche cerrada y las estrellas titilaban en el cielo. «Lástima no tener un telescopio», pensó mientras veía brillar las Tres Marías en la insondable oscuridad.

2. LA PELÍCULA

Posiblemente la película pornográfica más antigua que se conserva sea el clásico argentino *El sartorio* de 1907. Esta cinta y muchas otras realizadas por la misma época en Buenos Aires y Rosario *no estaban destinadas al consumo local, ni al popular,* subrayó con lápiz rojo el comisario Croce, que fumaba, sentado en su sillón giratorio de sheriff, con una visera de mica verde en la frente para atenuar la cruda luz que iluminaba su mesa de trabajo en la oficina en penumbras mientras leía el así llamado *Reporte Top Secret,* y un ventilador de techo daba despaciosas vueltas con un suave zumbido siniestro.

Las cintas sucias eran un entretenimiento sofisticado para el disfrute de la clase acomodada *del viejo continente,* volvió a subrayar Croce, y trazó luego un circulito sobre la palabra *disfrute.* El escribiente Lezama se esmeraba con el lenguaje. Era su nuevo ayudante y, por lo visto, quería hacerse notar. Tres mujeres se divierten en un río y empiezan a acariciarse entre sí, siguió leyendo Croce. Un hombre vestido de «diablo» con cola, cuernos y bigotes falsos sale del follaje y captura a una de las muchachas. Filmada en las riberas de Quilmes, la película duraba veintiocho minutos.

Es probable, aclaraba, prolijo, Lezama, que el título fuera una mala transcripción de *El sátiro,* dado que la vista muestra a tres ninfas teniendo sexo al aire libre con un fauno.

El escribiente era un perfeccionista, o estaba muy asustado, sospechó Croce, el detalladísimo informe estaba escrito a mano con esmerada caligrafía porque Lezama no había querido usar la máquina de escribir de la repartición para no comprometer a los oficiales de guardia. Siempre los grises secretarios de los pasillos interiores estaban mejor informados que los pesquisas que investigaban en la calle. El comisario andaba atrás de una película filmada en 1940 o 1941, pero su ayudante le había elaborado un expediente con una variada e inútil información histórica sobre la producción de las variedades eróticas que se filmaban –y se habían filmado– en la Argentina.

«Las exportaban en su gran mayoría, eso era lo más significativo», pensó. Tal vez así convencían a las cabareteras y a las aspirantes a actrices de dejarse filmar: «No te preocupes, nena», les dirían, imaginó somnoliento Croce, «son para mandar afuera, quién te va a reconocer a vos en Europa.» El comisario había visto fragmentos de cintas obscenas en los allanamientos a los prostíbulos de Berisso y Ensenada, en su época de oficial inspector, tal vez eran cintas extranjeras las que daban en Buenos Aires y eran argentinas las que exhibían en las *«maisons cochon»* de París. De lo contrario, se le ocurrió, más de uno podía llevarse la sorpresa de encontrar a su mantenida –o a su señora esposa– en la ardiente pantalla practicando la sodomía con un marinero senegalés. Como en un sueño, se vio entrando por los pasillos de los clandestinos de la vieja Recova para irrumpir en los saloncitos privados donde sorprendidos hombres maduros con los pantalones en los tobillos, acompañados por susurrantes pupilas en *déshabillé* y ligas negras, «calentaban los motores» (según la jerga) mirando las viciosas imágenes de dos hombres con una mujer –o de dos mujeres con un hombre– reflejadas en temblorosos lienzos blancos tendidos sobre las paredes encristaladas. El proyector seguía encendido en la penumbra, los hombres no se miraban unos a otros, las chicas se amontonaban tranquilas en un costado, vigiladas por los sufrientes agentes uniformados, mientras la cinta golpeaba, slam, slam, contra la bobina que seguía girando, y el comisario prendía la luz y pedía documentos. Hacía ya muchos años de eso, y los allanamientos tenían siempre por objeto a un pez gordo, un juez, un senador, un capitalista de juego, al que no se podía encerrar por otra cosa que no fuera por exhibicionismo y ofensa al pudor.

Pero ahora el asunto era distinto, algo más grave, *supersecreto,* ligado a la disputa de Perón con la Iglesia católica y a los rumores de golpe de Estado que agitaban el ambiente. Lo habían trasladado a esa oficina anónima en los altos de la galería Rocha, en La Plata (Eva Perón se llamaba la ciudad en aquel entonces), en la segunda semana de febrero de 1955. Uno de sus informantes tenía el dato, pero estaba tan aterrorizado y tan decidido a hacerse millonario con la película en cuestión (si no lo mataban antes para robarle el negativo) que había desaparecido de los lugares que solía frecuentar y exigía condiciones estrictas para cerrar el trato. El hombre, conocido como el turco Azad, había mandado a decir que solo trataría el asunto con su «amigo» el comisario Croce. No daba datos, decía que había visto la película por casualidad («de pedo», mandó a decir con su habitual tono campechano) en una casa de putas, en Siria, a fin de año, mientras pasaba las fiestas con sus parientes en su pueblo natal. Adujo que era un material explosivo y que había comprado carísimo el negativo y la única copia existente y había tenido que adornar buenamente a los tipos de la aduana para entrar sin problema los rollos. Iba de frente el turco Azad, hacía ver que era un negocio sucio y que él tenía el as de espadas, el siete bravo y todos los colores del palo que hicieran falta para copar la parada. Era un amigo incondicional de sus amigos, un hombre del movimiento peronista a quien el azar lo había puesto en la emergencia de ayudar a la nación. «A cambio de una jugosa paga», completó Croce, que conocía bien al peje y sabía lo arisco, despiadado y difícil que era, y también lo simpático y entrador que solía ser, capaz de encandilar a un ciego con su encanto. Croce estaba preocupado por tener que ocuparse personalmente de un asunto tan oscuro. Con el debido respeto, el escribiente Lezama disentía de ese parecer y recomendaba apretarle las clavijas al turco antes de cualquier trato. «No se preocupe», le dijo Croce, «conozco bien a ese individuo, a mí no me va a mentir.»

Mientras se iniciaban las negociaciones, para tirar una cortina de humo, Croce había ordenado una batida por las cuevas, los estudios clandestinos y los telos donde se filmaban esas piezas con jovencitas ambiciosas y veteranas coristas del varieté. La clave de este tipo de filme eran las mujeres, las actrices o las figurantas filmadas siempre a cara descubierta y a cuerpo entero en posiciones bestiales y provocativas, ya que este material está masivamente destinado a los varones.

Croce recapituló la situación: estaba a cargo de una vaga investigación sobre un presunto chantaje al «más alto dignatario» y lo habían destinado a la sección de orden político. ¿Quiénes estaban al tanto del asunto? ¿Y de qué se trataba? Lo rodeaban tipos turbios, bichos encubiertos, servis, topos, hasta su escribiente podía ser un agente de inteligencia. Trabajaban con rumores, que ellos mismos filtraban o desmentían, pero en este caso lo más importante era el silencio absoluto: el trascendido era el peligro máximo, nadie sabía a quién pensaban chantajear, pero solo imaginarlo era un peligro. Había mucha información disponible: conversaciones telefónicas grabadas, prolijos seguimientos a políticos de la oposición, soborno a periodistas, censura de prensa, pero se abría un agujero negro respecto al sujeto en cuestión. No había un eje definido, ningún objetivo concreto, y –según el juez– el comisario tenía solo veinticuatro horas para subsanar «el inconveniente».

Meditaba entonces Croce, apretado por el tiempo y la responsabilidad. Incluso en un momento pensó que podían querer chantajearlo a él. Hacía años que mantenía una relación clandestina con una mujer casada. Se había enamorado de ella cuando la mujer ya estaba viviendo con uno de los hombres más poderosos de la provincia. A veces pensaba que uno de los chicos de ese matrimonio –Luca– podía ser hijo suyo. Ella era demasiado libre y ardorosa para que esas filiaciones la preocuparan. «Bastantes problemas tengo con mantener una relación clandestina con un policía», le decía la Irlandesa. «¿Los habrían filmado en el hotel de la ruta?», pensó el comisario. «¿Había escuchado algún zumbido sordo, como el vuelo de un moscardón, de una filmadora atrás del espejo falso sobre la cama del cuarto del hotel?» Desvariaba, era demasiado perfecto pensar que le habían encargado una investigación para que descubriera que el culpable era él. Primero tenía que formular el enigma, para luego ver si podía resolverlo. Mejor dicho, si él mismo podía imaginar el enigma planteado por la Esfinge con cara de gato (o de pájaro o de tortuga, asoció al boleo) es porque estaba resuelto. Si entendía mal el mensaje del oráculo, estaba frito. «Edipo perdido como turco en la neblina», dijo en voz alta Croce, para joder un poco y reconfortarse.

En definitiva, Croce tenía que plantear el problema y

definirlo, es decir, clasificarlo. Posible chantaje a un alto dignatario con una película pornográfica filmada en la Argentina para exportar. Se fue con el pensamiento por el campo entre la niebla, los alambrados brillaban como rayas blancas en la tierra oscurecida. Si seguía esa línea metálica en la neblina, ¿adónde iría a parar? Quizás a la hilera de alambre que cerraba el potrero para terminar entonces metido en una jaula de siete hilos. Dejó que se le espantaran los pajaritos de la cabeza y empezó a volar: «La respuesta a una pregunta que no se conoce», se dijo, «debe ser repentina y rápida como una aparición; no será evidente pero debe ser *definitiva*.» Él era un pájaro migratorio, había aterrizado aquí en la sección especial, casi no le hablaban, eran furtivos y misteriosos, todo estaba encerrado entre cuatro paredes, pero tenía derecho a franquear el límite. «¿Por qué no?», se preguntaba Croce. «En este asunto no hay nada más allá.» Afuera no se puede ir, o sea que el asunto está adentro. El espacio lógico del discurso fáctico estaba cerrado y en el exterior solo existe la neblina. Pero si el límite era infranqueable era porque existía –o *debía existir*– un secreto que cerraba el paso.

Se levantó y se acercó a los ventanales: afuera estaba la Plaza Rocha, se veían los faroles de luz amarilla, el edificio barroco de la Municipalidad, un ciclista que avanzaba por la calle pedaleando con displicencia. Se trataba entonces de un secreto, no de un enigma: alguien escondía algo –una información, más que una película– que ofrecía negociar, o mejor, vender. No era lo mismo revelar un secreto o encontrar un objeto. Croce de chico había visto las revistas prohibidas que se vendían bajo cuerda en los quioscos del bajo: venían envueltas en plástico negro y lo que había adentro podía ser o no lo que uno esperaba. Ver a una mujer haciendo el amor con un hombre. No era lo mismo estar con una mujer que ver a esa mujer haciéndolo con otro. Aunque pusiera un espejo, no era lo mismo. La Irlandesa también lo sabía y a veces para excitarlo jugaba con esa idea, levantarse un peón en la chacra y traerlo al hotel de la ruta para que él pudiera por fin verla gozar con un hombre.

Se alejó de la ventana y empezó a pasearse por el pasillo interior de la oficina, entre los archivadores y los muebles. Si estaba obligado a permanecer en el interior del problema, encerrado en sus límites, necesariamente la solución debía estar en una necesidad fáctica exterior, *pero no ajena.* Croce estaba muy concentrado, casi como un ajedrecista que buscara –antes de mover sus piezas– revisar todas las alternativas y jugadas posibles hasta encontrar la salida salvadora que rescatara a su Reina en peligro. «¿Por qué la Reina?», se dijo, como iluminado, Croce. «Porque es la pieza más poderosa.» Sin embargo a esa altura del *match,* con el reloj corriendo solo de su lado, la Reina estaba muerta. Estaba perdida, había que ganar sin ella, por ella, por el peso de su ausencia, porque mientras estuvo viva mantuvo a raya a sus opositores, arrinconados contra el alambrado. Perder la Reina no quiere decir jugar sin ella. Entonces, dedujo, la Reina está muerta, pero la partida, desesperada y todo, está viva. La partida, pensó literalmente, es decir, el comienzo. ¿Qué hay al comienzo? Una película pornográfica filmada en 1940 o 1942, o 1943 *(antes de 1945,* subrayó mentalmente), quizá para exportar. Entonces por fin comprendió claramente la situación. Un chantaje no es un gambito, es un enroque, mejor un trueque. Así pues la explicación de la necesidad de respetar los límites era la causa del dilema. El que estaba siendo chantajeado –o estaba a punto de ser chantajeado– era un *alto* dignatario del Gobierno. Y el chantaje no era el contenido de la película sino su existencia misma: poder decir que alguien tenía –o había visto– esa cinta era el chantaje. Con eso bastaba. «La carta robada», pensó. Pero esta vez el amenazado era el ministro. El ministro *del Interior*. Por eso no había nada afuera.

—Una cinta de esas —dijo el juez a cargo—. Hay que encontrar el negativo y quemarlo sin que nadie lo vea. Es un caso de chantaje, pero nadie conoce el contenido del anónimo —dijo—, porque es como un anónimo... —aclaró.

La producción de películas clandestinas era un asunto de trata de blancas, dictaminó el juez. Las mujeres son obligadas a hacer eso por dinero, de modo que la producción, o el tráfico de esos materiales, estaban penados, y él —por ser el juez— podía extenderle una orden de allanamiento contra quien hiciera falta. Era un delito federal, aclaró. Le asignaron como escribiente a Lezama, un pesado de los servicios de informaciones que de inmediato se declaró admirador de Croce y de sus métodos de investigación.

—Vea, Lezama —le dijo Croce—, el asunto en la superficie es sencillo, uno de mis informantes tiene la película y quiere negociar conmigo. Usted solo debe preparar esa reunión en las condiciones que esta persona proponga y llevar en una cartera de mano el equivalente al doble del precio que el ministro imagina que debe pagar. De todo lo demás me ocupo yo.

El turco Azad era un hombre jovial, un bromista de sonrisa rápida y ojos huidizos que empezó de muchacho vendiendo baratijas con un sulky por las chacras y terminó dueño de El Sirio, el mayor almacén de ramos generales de la provincia. Un enorme salón que ocupaba casi una manzana en el centro del pueblo, donde vendía desde avionetas para fumigar campos o cosechadoras Massey Ferguson hasta agujas de enfardar y profilácticos Velo Rosado. Era una figura respetada en la política del distrito y su extensa población de clientes empadronados en sus famosas libretas de fiado y consignación eran todos —como decía Azad— «leales y pampeanos» a la hora de votar. De hecho, solía decir el turco en las interminables y pesadas partidas de monte criollo en el almacén de los Madariaga —donde se habían apostado y perdido cosechas enteras y tropillas de un pelo—, Perón había armado a finales del 45 en tres meses una organización política nacional apoyado en las redes y los favores de los comerciantes siriolibaneses que habían abierto caminos en todas las provincias uniendo pueblos olvidados, vendiendo de puerta en puerta su mercadería en los rancheríos, en los puestos de las estancias y en las pulperías. «Basta ver», decía el turco siempre entonado y seguro, «la pila de nombres árabes que hay entre los cuadros prominentes del movimiento.»

Cuando al fin se encontraron en un departamento de paso, alquilado para el encuentro, en la calle Sarmiento, en el centro de Buenos Aires, Azad apareció igual a sí mismo a pesar de la tupida barba negra que le borraba la cara y del elegante traje gris de saco cruzado con el que había querido camuflarse y pasar desapercibido. Estaba más flaco, los ojos ardidos, y se lo veía a la vez acorralado y eufórico. Croce le pidió a Lezama que los esperara en la antesala, y él mismo cerró la puerta de doble hoja y cuando estuvieron solos encaró directo al asunto.

—¿Es ella? —preguntó.

El turco suspiró teatralmente y empezó a negociar con el ímpetu y el cuidado de quien está a punto de venderle el alma al diablo.

—Noventa y cinco seguro, sobre cien. Es una *fellatio*, comisario, y eso no se puede fingir. Las penetraciones —dijo como si estudiara la venta de una gargantilla de diamantes— se pueden trucar, sustituir los cuerpos, pero la cara..., es ella, pobrecita.

31

–¿Pobrecita? –dijo Croce.

–En aquel tiempo, recién venida a la ciudad, en manos de los buitres del ambiente..., usted sabe los cuentos y las versiones que corren, la han obligado a cambio vaya uno a saber de qué enorme necesidad que ella adeudaba o quería... Pero mire –dijo, y abrió un viejo ejemplar de la revista *Radiolandia*–. Acá le han hecho una sesión de fotos en un estudio para anunciar su debut como actriz de reparto. Si se fija –dijo como si escupiera algo asqueroso de la boca– va a ver que tiene el mismo peinado, trencitas, el flequillo, la boca pintada en forma de corazón. Es ella –sentenció.

Todo era demasiado irreal y demasiado atroz, y Croce sintió que de nuevo se iba, que estaba otra vez perdido en la neblina del campo, tanteando en lo oscuro. Se levantó un poco mareado, pero decidido a hacer lo que tenía que hacer.

–Quiero verla –dijo.

El turco apagó la luz alta y dejó un velador prendido en una mesa baja. Al costado, estaba el proyector, con la cinta ya colocada en la bobina, frente a una sábana blanca doblada al medio que oficiaba de telón improvisado.

–Gente complotada de los comandos civiles y dos oficiales de marina parecen estar al tanto y se han puesto con todo a buscar la película. Tienen el centro de operaciones en la base de Río Santiago y ya han andado rondando por el negocio y por mi casa.

–Turco –dijo Croce como si no lo hubiera escuchado–, dejame solo. El negocio lo arreglás con Lezama, él tiene la plata.

Azad prendió el proyector, una luz blanca titiló en la pantalla.

–Ya vuelvo –dijo Azad–. Sentate ahí.

Croce se sentó en una butaca de cuero, en la pantalla vio unas letras, sintió que el turco abría la puerta y volvía a cerrarla. «Estoy solo», pensó, «lo que voy a ver me va a cambiar la vida.»

La doncella viciosa, decía un cartel, y al pie del cuadro vio que el título estaba traducido al francés en letra cursiva.

Lo que vio era previsible y era un ultraje, era ingenuo y procaz y por eso era más deleznable y más siniestro; su mente alerta y preparada para descartar los detalles superfluos se obstinó en abstraerse de los actos que estaba obligado a mirar y se concentró en reconocer a la mujer, con el mismo rigor y el mismo pánico secreto con el que tantas veces se había visto obligado a reconocer cuerpos mutilados, torturados, muertos de un tiro o degollados con un rápido gesto ancestral. Esto era lo mismo, era como ver el matadero donde se desangran los animales y se asesina a los cristianos. Para peor, mientras se sucedían las escenas se oía un murmullo musical y feroz en la pésima banda de sonido, con gemidos y palabras obscenas en español que se traducían vilmente abajo en un francés prostibulario. La muchacha era rubia y parecía ausente y enconada.

El tiempo se había detenido, y en la penumbra de ese cuarto impersonal, con los ojos abiertos ante la luz cruda que transmitía las conocidas y sagradas imágenes de un coito envilecido, sintió que había empezado a llorar; ni siquiera lo sintió, porque sus sentimientos eran opacos y confusos, apenas un dolor sordo en el costado izquierdo, pero comprendió que estaba llorando porque en la alcoba donde se desarrollaban esos actos triviales y repetidos infinitamente desde el principio de los tiempos había empezado a filtrarse la lluvia, todo se había humedecido temblorosamente, y Croce tardó en comprender que eran sus lágrimas las que mojaban y borraban ese rostro de mujer luminoso y amado que llenaba la pantalla. Y entonces Croce supo que lloraba por la miseria y la maldad del mundo y por esa mujer a la que tantos habían amado como a una virgen.

–Pero no es ella –dijo–. No es ella, no puede ser ella. «Esa no puede ser la señora», pensó, aliviado ahora, sin dejar de llorar.

Hubo un fundido final, la luz blanca, cuya sola claridad era perversa, persistió sin imágenes y luego apareció la anhelada palabra FIN y todo terminó, aunque la cinta siguió girando, slam, slam, slam, y golpeando en el vacío.

Atrás se abrió la puerta y Azad apagó el proyector y se acercó a Croce.

–Yo también lloré –dijo.

–Pero no es ella –dijo Croce sin secarse las lágrimas–. ¿Arreglaste?

–Todo pipí cucú –dijo el turco como si quisiera continuar con el tono soez de la película–. Este es el negativo y esta es la copia.

En la cocina, en una bandeja de metal echaron alcohol y vieron arder el celuloide con sus muertas imágenes ignominiosas y pueriles.

«Si hubiera sido ella», pensó Croce, «no habría importado.» Habría sobrevivido, como se aguantó tantas calumnias y atrocidades a lo largo de su vida, sin rendirse nunca. Y a la gente humilde no le habría importado y la hubieran amado igual, como Jesucristo amó a María Magdalena. Porque la cuestión no es lo que el mundo hace con uno, sino cómo uno es capaz de enfrentar el horror y el horror y el horror del mundo, sin capitular.

Por la ventana alta vio a Azad con un portafolio en la mano y a Lezama, flaco, cadavérico, tenebroso, que lo tomaba del codo y lo hacía bajar por la escalera. «No por el ascensor», pensó, «por la escalera de servicio, como debe ser.»

34

Antes de irse, Croce tomó los restos quemados, las cenizas y las latas vacías y las tiró, por el incinerador de la cocina, al foso donde ardían los desperdicios no queridos de la vida.

3. EL ASTRÓLOGO

El comisario Croce se había enfrentado durante años con
Leandro Lezin, el Maquiavelo de los bajos fondos, como lo
había definido un cronista de la sección policial del diario
Crítica en octubre de 1931 luego de que el malhechor logra-
ra escapar –con su concubina y dos de sus guardaespaldas– de
la redada policial que lo tenía prácticamente cercado en una
quinta al sur del gran Buenos Aires. Había planeado
un golpe de una audacia demencial destinado a ocupar en un
solo día el Banco Central, el Ministerio de Hacienda, la ca-
tedral y la Casa Rosada. «El poder en la Argentina está concentrado en la manzana que rodea a la Plaza de Mayo, y
nuestro objetivo es controlar ese emplazamiento y paralizar
de asombro a la nación», señaló. Habían elegido el feriado
de Semana Santa y pensaban usar la procesión de Corpus
Christi para encubrir a los miembros del grupo comando,
pero como sucede a menudo bastó un solo infiltrado para
desbaratar el complot y liquidar a su organización. Habían
secuestrado en una pensión del centro al ejecutivo de una
compañía azucarera para cobrar un abultado cheque en dólares sin saber que el sujeto era un informante de la marina
de guerra.

Aunque esa historia ha sido contada en un libro tan famoso que está para siempre en la memoria de todos, la leyenda de Leandro Lezin siguió creciendo en las dos décadas siguientes, enriquecida por la perversa perfección de sus delitos, destinados –como suponían los investigadores– a financiar sus actividades subversivas. Era un criminal, pero también era un revolucionario, era un hombre de acción, pero también era un sofisticado intelectual experto en ciencias ocultas y en estrategia militar. La mayor virtud de este disolvente –y demoníaco– dandy del crimen era su innata capacidad para borrar sus huellas y hacerse invisible.

Croce era en aquel tiempo un joven comisario de provincia que en secreto se ilusionaba con la posibilidad de capturar a este émulo criollo de Fantomas. Conocía su legajo judicial y su prontuario y podía imaginar sus maniobras destinadas a crear un calculado desorden con sus aguerridas células criminales, capaces de las mayores proezas. «Todo es fluido en él, nunca está fijo, es cambiante y traicionero como las corrientes y los riachos del delta del Paraná, donde tiene su guarida», pensaba Croce mientras observaba la irritante quietud de la llanura pampeana, siempre igual a sí misma, lisa y chata e inmóvil hasta el fin de los días. «Yo estoy quieto y él se desplaza; cuando él se aquiete y yo esté en movimiento lo detendré», pensaba mientras tomaba mate en la puerta de la casita blanca donde funcionaba la comisaría. «Detenerlo es fijarlo», pensó. «¿Estará cansado, ese día, tirado en un catre, dormido? No creo; cuando se mueve no para, y solo para cuando está planeando nuevas paradas. *Para»*, pensó. «Ajá, ¿para qué? Para saber su paradero... Para en un parador, en un paraje de algún páramo del litoral por ahí», dijo, y miró el horizonte. Así pensaba Croce, aliterando, veía una sinonimia y ya no paraba y se perdía entre los cardos.

–Parado, pienso mejor parado –dijo, y se levantó del banco y el Cuzco se le acercó moviendo la cola; era un cachorrito, feo y amarillo, una compañía en la soledad del pensar–. ¿No, Cuzquito? –dijo Croce. La verdad no estaba aislada, ni quieta. La verdad era variable y comparativa. «Los entes reales son relaciones», pensó. «La verdad es la forma de una relación más que su esencia», pensaba; «nos interesa la duración, la mutabilidad; las relaciones internas de la verdad cambian, se mueven.» Le interesaba *entender,* desde chico era así; entender le interesaba *demasiado,* a veces no podía dejar de rumiar, se perdía en las variaciones contingentes del mundo, quería saber, captar, detener el vaivén de la vida, y si no podía llegar a una conclusión, se ponía obsesivo, medio catatónico, y terminaba en el hospicio. «No se puede pensar de más, uno salta la tranquera y cae en el barro y ya no puede volver»; por eso decidió estudiar filosofía, de muchacho, para tener un objeto concreto en el que meditar, pero no pudo. En cuanto empezaba a leer quería actuar; leía por ejemplo sobre el noúmeno kantiano y pensaba que su amante, la bella Irlandesa casada con otro, que estaba ahí, en la cama, en el hotel de la ruta, desnuda, plena en su ser, era una diosa, apasionada, divertida y sin embargo incognoscible, incomprensible y opaca. «¿Me entendés, nena?», preguntaba Croce, que mantenía con la mujer largas conversaciones filosóficas en las clandestinas siestas de verano. «Claro», decía ella, «para vos soy la cosa en sí, la *Ding an sich»;* en alemán se lo decía, divertida, la Colorada, que había estudiado en el Trinity College de Dublín. «Todas las mujeres son kantianas», concluyó Croce. «Cánt-aros», decí mejor, se reía ella, y luego, alegre, volvía a acentuar y hacer una escansión: «como cant-os en la noche...», dijo. Era más inteligente que él, ella, ocurrente, filosa, menos vueltera.

«Me da por rachas», se resignaba Croce, «empiezo a

volar y no aterrizo, me lleva el viento, me lleva la brisa fresca que viene de la laguna.» Leyendo, empecinado, a la luz de un candil, a razón de quince líneas por día, durante semanas, la «Introducción general» a la *Crítica del juicio*, comprendió, de pronto claramente, en medio de la noche, que el mejor lugar para él era la escuela de policía. El crimen escondía la verdad de la sociedad; era el en-sí del mundo, si pensaba en eso todo el tiempo, como pesquisa podía pasar desapercibido. «Este Lezin, por ejemplo», pensaba Croce, «no es un cualquiera.» Era rápido, se anticipaba, estaba siempre un paso adelante, era capaz de pensar con los pensamientos de sus enemigos; era fácil para Lezin ponerse en el lugar de sus perseguidores y pensar por ellos. «Pero no puede pensar como yo», pensó Croce, «que estoy en el aire.»

–¿No es cierto, Cuzco? –dijo, y el cachorro movió la cola y salió disparado y al rato volvió con una rama entre los dientes–. Vení, a ver –dijo Croce, y le sacó la rama y se la tiró de nuevo hacia el pajonal.

El comisario estaba al tanto de las pesquisas y de los datos de los informantes y de las inútiles redadas policiales en la capital, pero fue por azar que Lezin se lo cruzó dos veces y que el tercer encuentro resultó el definitivo, como quien le tira una rama a un cachorro para jugar y ve que el perro la busca y escarba y gime en el lugar donde, justo ahí, estaba enterrado lo que Croce quería.

La primera vez que lo vio fue en el otoño de 1952, cuando tuvo a su cargo una estafa en los ferrocarriles ingleses con una carta de porte por un envío de madera que en realidad escondía un tráfico de armas que a su vez ocultaba un millonario contrabando de joyas robadas. El vagón con la mercadería había quedado varado en el playón de carga de la estación Chillar, y como después de una semana nadie se presentó a retirar la mercadería, la policía ordenó requisar la madera y ahí encontraron las armas disimuladas visiblemente entre los troncos serruchados. Una madrugada Croce, con una linterna y una lupa, se dedicó a revisar astilla por astilla el piso del vagón vacío hasta encontrar el diminuto broche de una pulsera de platino que brillaba como una brizna de pasto o una rubia hormiga muerta. ¿Las damas de sociedad con sus joyas y vestidos de noche habían cargado los rifles y las pistolas Ballester Molina? Difícil, dedujo Croce. ¿Una de ellas había usado el nocturno vagón después de un baile para tener un encuentro sexual con su amante proletario y perdió el broche en un abrazo pasional? Posible pero dudoso, decidió Croce, y se dedicó a estudiar la invisible pista con un microscopio hasta descubrir dos levísimas –pero nítidas– líneas curvas de la huella dactilar del escurridizo masculino más buscado del país. Dedujo que había usado las armas como señuelo para distraer a los ya distraídos agentes de la policía ferroviaria. De inmediato bajó a la capital y visitó a los reducidores y a los capitalistas que compraban joyas robadas; enlazó su conjetura con el robo de joyas de Ricciardi en exhibición en el Hotel Alvear el verano anterior. Pidió una lista de las joyerías abiertas en los últimos meses en la ciudad y, luego de dos o tres deducciones rápidas e inspiradas, allanó el negocio de compra y venta de valores El Buscador de Oro, donde secuestró parte de los diamantes ya desmontados y expuestos para la venta. Aunque no pudo detener a Lezin, que escapó justo por los techos y al que alcanzó a ver desde una claraboya cuando subía muy tranquilo en la esquina de Libertad y Cangallo a un veloz cupé negro y escapaba hacia el Bajo.

—Le vi la cara –dijo Croce a su ayudante Medina–. Era tan natural en su modo de moverse que daba la sensación de ser nadie. Está muy flaco ahora y tiene cara de bagre –concluyó.

La segunda oportunidad se presentó dos años más tarde y fue más abstracta. Una noche de 1954, mientras tomaba mate en su rancho, sintonizó por casualidad en una repetidora de Azul un programa de radio dedicado a la astrología numérica; le llamaron la atención los raros dichos del conductor. Una voz grave, convincente y falsamente abrasilerada, con el pretexto de hablar del poder mágico de los astros, bajaba línea sobre la coyuntura política. Básicamente, la audición –que duraba una hora, no tenía publicidad y se interrumpía en mitad de una frase cada siete minutos para transmitir tangos de Julio De Caro– estaba centrada en la sorda disputa entre el presidente Juan Perón y la alta jerarquía eclesiástica –conflicto que aún no había tomado estado público–. El comisario pensó que el programa obedecía a una política de contrainformación de algún servicio de inteligencia. Pero la semana siguiente, al sintonizar de nuevo la audición, tuvo una de sus clásicas iluminaciones y comprendió que quien hablaba en la radio era el perseguido Leandro Lezin, que ya había usado sus conocimientos de astrología como tapadera en su primera época, y verificó que en medio del palabrerío esotérico difundía propagandas y propuestas.

Nosotros acogeremos a los peronistas, a los católicos, a los desquiciados, a los tristes, a los empleados que aspiran a ser millonarios, a los que tienen un plan para reformar el universo, a los cesantes de cualquier cosa, a los proscriptos, a los que acaban de sufrir un proceso y quedan en la calle sin saber para qué lado mirar.

Croce hizo algunas averiguaciones en las radios rurales de la región y una noche, en el horario del programa, allanó la emisora central, en la ciudad de La Plata. Con su ayudante Medina irrumpieron en el estudio, donde solo encontraron un grabador activado por un sereno somnoliento, que declaró que recibía las cintas del programa los miércoles en una encomienda y que una mujer –levemente coja y muy bien puesta, acotó– le había pagado una suma abultada para transmitir los jueves de 22 a 23 las cintas por los micrófonos de Radio Provincia y sus repetidoras del interior.

–Es Hipólita –le dijo Croce a Medina, que anotó el nombre de la mujer.

–¿Es un alias? –preguntó.

–Poné Hipólita Ergueta, farmacéutica, meretriz convertida y librepensadora.

Croce no quiso dar cuenta de sus descubrimientos y siguió adelante a puro golpe de intuición. Sabía que Lezin se dirigía a sus acólitos y que enfrentaba una compleja conspiración, una red clandestina que se movía con eficacia y discreción confundida con la realidad misma. Bastaba saber leer los diarios, registrar la confusa serie de hechos políticos, la sección policial, las necrológicas, los avisos clasificados, las crónicas de hechos extravagantes para comprobar que el país estaba siendo sometido a una campaña de insidiosas acciones demenciales, y no lo sorprendió que esa caótica sucesión de hechos le permitiera encontrarse cara a cara con su rival. Como si lo real –el tejido inconcebible de acontecimientos contingentes– hubiera definido la cita y el encuentro.

Para que eso sucediera tuvo que sobrevenir una catástrofe imposible c inevitable– que cambió para siempre la realidad del país: en septiembre de 1955 un golpe militar derrocó al presidente Perón, el general se escondió en una cañonera paraguaya, escapó sin pelear, y comenzó su largo exilio. El comisario fue exonerado de su cargo, su casa fue allanada, su hermano menor fue fusilado en la frustrada rebelión del general Valle de 1956 y luego anduvo deambulando por los campos y durmiendo en precarias guaridas, viajando en oscuros vagones cerrados, en lentos trenes de carga, hasta que al fin pudo entrar en contacto con las frágiles redes clandestinas de la –así llamada– Resistencia Peronista. Pasó a ser Isidro Leiva, de oficio peón rural, y a residir en una pensión de marineros y changadores cerca del puerto de Quequén. Era un lugar seguro; los activistas encubiertos de la zona, que se movían por las lagunas del sur, le consiguieron una reunión con un tal Freire en el comando de la regional sur.

Se encontraron en el local interminable y estrecho de una ferretería náutica en el puerto de Necochea, que encubría, en el altillo, la casa operativa de la conducción provincial del movimiento clandestino. Croce subió por una entrada lateral que se abría sobre una alta escalera de mármol blanco. Al final, en un recodo del pasillo, había una puerta de vidrio con dos jóvenes armados que lo hicieron pasar al salón principal.

–Entre –le dijeron–, pero no lo toque al jefe, ni le dé la mano.

Freire estaba de pie junto al amplio ventanal que se abría sobre los *docks* y los barcos anclados en la dársena; saludó desde lejos con aire de satisfecha confianza y lo invitó a sentarse en uno de los sillones de cuero.

–Soy Leiva –dijo Croce.

Freire sonrió.

–Lo admiro y me alegra volver a verlo, comisario –dijo ante la mirada sorprendida de Croce–. Recuerdo su cara en la banderola del negocio de la calle Libertad la tarde en que casi me detiene.

—Así que entonces...

—Era –dijo Freire–, pero usted está igual.

—Es difícil cambiar –dijo Croce.

—Hemos sido derrotados tantas veces que ya no vamos a cambiar –dijo Freire–, es lo único que nos queda en medio del desastre. Uno sigue pensando lo mismo para que vean que no ha sido doblegado. Ahora los dos estamos en el mismo bando, somos perseguidos. Mientras... –dijo pensativo y hosco– nuestros amigos claudican y triunfan. ¿Se acuerda de Barsut? –preguntó de pronto con visible rencor–. El que nos traicionó en Temperley, un cara lisa, triunfó en Hollywood con el nombre de Carlos Thompson...

Croce no recordaba quién era Barsut y tampoco el que estaba ahí era el que recordaba o el que había imaginado, aunque notó en él la fuerza del odio y el afán de venganza. Lezin era un hombre de cejas pobladas y cara flaca; la nariz de boxeador bajaba desde la frente tumultuosa, el pecho amplio estaba apenas contenido por un saco negro, sobre la camisa blanca y el cuello de *clergyman;* usaba botines lustrosos y un pantalón entallado también negro. Parecía tener, calculó Croce, unos cincuenta y cinco años. Por lo visto se había hecho romper la nariz para cambiar por completo la expresión de su cara. Imaginó la escena: un golpe seco y brutal en el hueso, la sangre en la boca. «Mi pensamiento se distrae con descripciones», dedujo Croce; «quiere decir que estoy nervioso.» Cuando Lezin giró para buscar unos papeles, Croce vio la tonsura de sacerdote en medio del pelo mota, enredadísimo y corto. «Ah, claro, ahora es el padre Freire», pensó. Había una Biblia sobre la mesa baja y un crucifijo sobre la pared.

—Raro para mí estar hablando con usted, la verdad, podríamos haber empezado a los tiros. Y raro que un hombre como usted sea policía.

45

Croce lo miró impasible.

–Expolicía..., en todo caso.

–Voy a ser franco... –dijo, y a grandes rasgos, con un tono de orgullosa soberbia, le resumió su historia.

En 1931, luego de los episodios en la quinta de Temperley, había cruzado con su mujer a Uruguay y luego a Brasil y había regresado clandestino por la frontera norte y se afincó en Misiones, que en aquel tiempo todavía era territorio nacional. Era la selva, no había Estado, ni ley, y rápidamente se puso al frente de una banda de contrabandistas y cuatreros. Compró una hacienda en el interior y armó un pequeño ejército privado con bandoleros brasileros y paraguayos y organizó una logia científico-militar reclutando a todos los europeos desquiciados que sobrevivían en la zona –matemáticos alemanes y rusos que escapaban de la guerra, físicos húngaros, químicos italianos, exteólogos jesuitas–, hombres brillantes, borrachos y borrosos. Construyó una iglesia, un laboratorio clandestino y una estación de radio. Durante años fue un caudillo respetado e influyente, y empezó a preparar un plan para separar la región de la administración central y formar una república independiente y libertaria. El inesperado ascenso de Perón cambió el país y trastocó los planes; sus hombres desertaron en masa y se unieron al general. Lezin disolvió su banda, volvió a la capital y se dedicó a la propaganda, a las expropiaciones y a trabajos de organización.

–También yo me metí en el peronismo, a mi manera –concluyó–. No soy un cínico, la realidad es cínica, yo solo me adapto a ella. ¿Usted es peronista?

–No creo.

–¿No cree o no piensa?

–No creo.

–Yo primero creo y después veo si conviene o no. No

hay política sin creencia, no me interesa voltear este gobierno, me interesa el poder.

«Es cierto que de perfil se parece a Lenin, como dijo Erdosain», pensó Croce.

–Estamos en una situación inmejorable –siguió el Astrólogo–. Tenemos un líder carismático y está lejos, podemos pedir cualquier cosa en su nombre. Ya es un mito. Y no se puede hacer la revolución sin un mito... La gente está triste, está acorralada y es capaz de cualquier cosa. Vea –dijo, y desplegó un mapa. La Argentina estaba dividida en zonas, había círculos rojos y azules, rayas verticales, cruces, siglas–. Hay que abandonar la capital, replegarnos al sur: Avellaneda, Florencio Varela, Bahía Blanca. –Con un puntero mostraba regionales, rutas, centros neurálgicos–. Estamos fuertes en el gran Rosario, hay gente nuestra en el cinturón industrial de Córdoba pero no en la ciudad. Mi idea es infiltrarnos en las zonas débiles y dominar todo a costa de dinero y terror... El que tenga un poco de psicología se pone este país en el bolsillo... Estamos frente a una coyuntura. –(Pronunciaba *coiuntura*, notó Croce, «le debe parecer más académico o más preciso», pensó)–. Una coyuntura como esta –insistió Lezin– se da una vez cada cien años. Vamos a liquidar y a sobornar a quienes haga falta, siempre en nombre del Líder. –Su rostro parecía enrojecido por el fulgor de una fragua exigida a pleno y sus pulmones se movían como un fuelle desaforado; su voz en cambio era fuerte pero tranquila y modulaba con los modos de un actor convincente y sincero–. Pero sobre todo vamos a comprar voluntades, negociar con almas; comerciar hoy es igual a hacer política, estamos en la era de los grandes negociados –dijo–. La corrupción es el rostro humano del sistema, el engranaje emocional de la maquinaria abstracta del capitalismo, su eslabón débil. Los coimeros, los avivados, los ventajeros, los estafadores, los usureros son nuestros aliados, están en todos lados, en las oficinas, en las empresas, en los ministerios, y realizan por su cuenta las mismas trapisondas que el poder económico hace todos los días en escala gigantesca: robar, engañar, estafar, quedarse con el vuelto.

Lezin los conocía y confiaba en ellos. Roban pero están descontentos, son honestos pero también deshonestos, creen en la moral y son inmorales, critican a los malos gobiernos y cobran comisiones para aceitar los trámites. Son y no son, y para ganarlos hay que correrlos para el lado que disparan, ofrecerles una salida.

«Me gusta», pensó Croce. «Es original. Está loco, pero es vivísimo.» Y le pareció adivinar su conclusión: ¿o vamos a tomar el poder con los tinterillos y los tenderos?

–Lo que hace falta ahora es un estratega –dijo el Astrólogo–. El general no está en el territorio, necesitamos un jefe acá, en el campo de batalla. El hombre más irresistible de la Tierra –dijo de pronto– es el soñador cuyos sueños se hacen realidad. –Croce había aprendido por su oficio a no mostrarse nunca sorprendido y a escuchar con ojos impávidos lo que no entendía–. ¿Cómo la ve? –preguntó el Astrólogo.

–Soy un simple comisario de pueblo, pero no se imagina las cosas que he visto... –contestó reflexivo Croce–. Hay que lidiar con el mal y con la estupidez ajena. La gente mata por nada, dejan a los hijitos atados a una estaca con un tiento de un metro y medio, les ponen agua y dulces en una manta y se van al baile, y cuando vuelven se los han comido los perros. Casos y casos así he visto, señor mío; el horror y la idiotez reinan en el mundo.

–Lo entiendo, mi amigo –dijo el Astrólogo meditabundo, y se acercó a los ventanales–. Las calles están vacías, no hay gente en ningún lado, no hay nadie en el puerto, todo está muerto, es demencial, leguas y leguas de campo tendido, y atrás nada, los perros cebados, las osamentas, solo hay vientos, polvo y soledad. Pero este es un país cambiante, hay que estar prevenido. Me guío por mis horóscopos. ¿Ve? Saturno está sobre Venus. Ojo, no se confunda, soy el Astrólogo pero no soy un gil. –Abrió un baúl de madera cruzado por flejes de metal–. Mire –estaba lleno de dólares, billetes de cien, atados en fajos de papel con el sello del Banco Nación–, podemos financiar lo que haga falta. ¿Ve aquí? –Señaló con el puño cerrado el sol en un lienzo con signos zodiacales–. El solsticio estival es propicio, hay que actuar, no tenemos otras certezas, mi querido amigo. Mucha plata en la faltriquera, un arma en la cintura y la voluntad de vencer. Eso es todo.

–Tiene razón –dijo Croce–. Pero ¿qué podemos hacer nosotros? –preguntó. Siempre hablaba de sí mismo en plural cuando era escéptico.

–Tengo grandes planes, el régimen tiene los días contados... Confíe en mí –dijo el Astrólogo–. Nos vemos pronto, mi gente le avisa. –Golpeó las manos con un gesto teatral. Uno de los jóvenes armados se asomó por la puerta–. Acompañen al comisario –dijo el Astrólogo, y de inmediato se olvidó de él y se inclinó con expresión intensa sobre el horóscopo con un compás en la mano.

«Es extraño, tiene carisma, es uno de esos hombres», pensaba Croce ya en la calle, «que fijan la atención en alguien y lo iluminan con una inolvidable sensación de intimidad, pero cuando han conseguido lo que quieren, abandonan a su interlocutor y lo olvidan al instante, como si no lo conocieran, y fijan su interés –su calidez, su simpatía– en otra cosa que les interese –una persona, un perro, un dibujo–, lo que sea –una piedra, incluso–, y la capturan y seducen. Sí», se dijo, «aunque sea un objeto, igual lo hacen sentir que es único e insustituible. Por eso la gente los sigue, porque durante un instante eterno hacen que uno se sienta lleno de vida. Son al revés que yo», pensó con una rara torsión sintáctica que delataba su melancolía, «que siempre estoy distraído y distante como si me separara del mundo una plancha de vidrio y cuando me intereso por alguien es para interrogarlo, para saber qué piensa o qué hizo. Mientras, los hombres como el Astrólogo solo quieren hablar ellos, decir lo suyo», se dijo mientras caminaba por los muelles del puerto vacío; «en cambio yo no tengo nunca nada que decir.»

Dos semanas después, cuando Croce había conseguido por fin un trabajo de escribiente en los depósitos de carga y descarga de la estación de Olavarría y vivía clandestino en una casita alquilada, supo que Lezin y su mujer habían muerto al resistir un allanamiento del Ejército en Avellaneda. Nadie se refirió públicamente a su muerte y nadie recordó su historia, ni escribió su necrológica, salvo *Azul y Blanco,* el periódico nacionalista de Sánchez Sorondo que labró su epitafio con enérgica y lacónica prosa de combate.

Matan a dos patriotas. Un grupo de cipayos uniformados de la revolución fusiladora allanó anoche sin orden judicial la vivienda de Leandro Lezin, más conocido como el Astrólogo, y fusiló al legendario pensador nacional y a su compañera, la activista de la causa popular y defensora de los derechos de la mujer argentina Hipólita Ergueta, cariñosamente conocida como la Renga Brava. El pueblo no los olvida y reza por ellos. QEPD.

Croce guardó el recorte en la carpeta donde conservaba los testimonios de aquellos tiempos difíciles.

«Como todos los tiempos, en todos los tiempos, para todos los hombres. Difíciles», se dijo Croce, mirando arder la brasa del cigarro en la oscuridad, echado en la cama, sin poder dormir, mientras esperaba el alba, solo en su cuarto, escuchando muy bajo en la radio las cifras del precio del kilo vivo del ganado en pie en el mercado de Liniers. «Al matadero», pensó.

4. EL JUGADOR

I

El comisario Croce conocía a Peco desde siempre y simpatizaba con él. Muy a menudo se le aparecía con una chernia o un abadejo listos para tirar en la parrilla. Como buen hombre de campo, Croce consideraba a los pescadores de altura gente rara que no andaba a caballo y estaba el día entero con las patas en el agua. Para mejor, Peco nunca se alejaba demasiado de la orilla y a veces, cuando Croce estaba de recorrida por los pueblos de la costa, podía ver su lancha quieta en el mar, como esperando vaya uno a saber qué. Le parecía un trabajo demasiado sedentario pasar el día ahí, inmóvil, a la pesca. Por eso cuando Peco lo llamó con la voz congestionada, usando la única llamada que le permitió la policía cuando lo detuvo por la muerte de Pedernera, trató de calmarlo.

—¿Llamó a un abogado?

—No quiero un abogado, comisario, quiero que venga usted.

Croce había sido jubilado de oficio un año antes y estaba retirado, era un excomisario, pero los lugareños no hacían caso a esas minucias y lo llamaban siempre que andaban en problemas. Estaba viejo ya y cansado, pero accedió a salir de su retiro porque Peco parecía muy asustado y el caso era bastante curioso. Los jugadores compulsivos eran una especie humana de la que se podía esperar cualquier cosa. Y Pedernera pertenecía a esa clase o categoría o conjunto inesperado de individuos, muy distintos entre sí, hermanados por la pasión de arriesgar lo que no tenían para apostar contra el azar. Eran supersticiosos, impulsivos, eran irracionales y divertidos (sobre todo cuando ganaban). Croce revisó lo que sabía de la historia y salió para Necochea, contento de estar otra vez en acción.

Pedernera había abandonado el auto estacionado en el garaje del hotel y había cerrado la cuenta porque pensaba regresar a Buenos Aires esa noche. Ganó en el casino y postergó el regreso. Varios testigos contaron que estaba eufórico y se había quedado jugando hasta la última bola. Ganó mucha plata. Salió del casino a las cuatro de la mañana y se fue a tomar una copa con amigos circunstanciales. Llamó a Peco a la madrugada y lo contrató para ir a pescar tiburones por la zona de Quequén.

Se había perdido en el mar. Peco dijo que había sido un suicidio, pero nadie le creyó porque la plata no aparecía y tampoco el cadáver. No había dejado notas, ni cartas y no había ningún indicio de que pensara matarse. Más bien al contrario, habían hablado con la mujer de Pedernera. Ella mantuvo la calma, como si la noticia no la sorprendiera, y sostuvo que había sido un crimen. Descartó de lleno que su marido se hubiera matado. «Imposible: un jugador no se mata si ha ganado, solo quiere volver a jugar», dijo con voz rencorosa.

La policía había cerrado el caso rápidamente: si había ganado en el casino y la plata no aparecía y el único testigo era Peco, lo más lógico era pensar que lo había matado para quedarse con el dinero. Al comisario Croce no le importaron esas certidumbres policiales, eran demasiado fáciles, por eso decidió darse una vuelta por los lugares donde había estado Pedernera. Su método de investigación consistía siempre en buscarle la quinta pata al gato. «Nunca me preocupo por las causas de un crimen», decía Croce, «solo me interesan las consecuencias, lo que ha sucedido después. El crimen es un mensaje. No debe ser analizado en sus motivaciones, sino en su forma –las pistas, los rastros–, y sobre todo en la relación que mantiene con la multitud de detalles inadvertidos.» La plata no estaba. Pedernera la tenía con él, se la había llevado con él, según Peco. «Sopla el viento del sur, el viento malvado», le había dicho Peco. La pesquisa no sigue el orden del relato, se desvía y se pierde en una madeja y hay que saber buscarle la vuelta. La evidencia importa por su efecto práctico, es concreta, es material, es decir, no es conceptual, no es hipotética y no es racional, así que tenía que poner orden en esa serie desdichada de acontecimientos. Las cosas pasan, pensaba, una sobre otra, el problema es cómo las encadena uno. «El sentido del mundo es contingente y errático. Hay que enlazarlo», pensó, como quien piala en la noche a un ternero guacho que se ha perdido. No interesa por qué se ha extraviado el becerro, lo que importa es traerlo de vuelta al redil. No había que analizar las razones, sino los efectos. Las consecuencias que va a tener el acontecimiento al analizarlo y no antes. «No antes», pensó, «nunca antes.»

II

Visto desde lejos, el hotel parecía clausurado. El viento batía el postigo de una ventana y arrastraba papeles entre

55

los canteros de flores secas. Croce estacionó el auto en un costado del camino y cruzó el arenal hacia la entrada. No conocía nada más solitario que un balneario en invierno. Tardaron en abrirle, y al final una chica lo recibió y lo hizo entrar. Croce habló con ella y anotó algunos datos. Pedernera no traía equipaje, salvo una mochila, pero reservó la pieza del hotel por tres días.

Croce indagó sobre el personal que estaba de servicio ese día y fue construyendo un perfil del muerto. «La víctima es lo primero que hay que investigar», se dijo Croce. Pedernera era abogado de una compañía de exportación de pescado y tenía que recorrer varias veces por año los puertos pesqueros del sur de la provincia. Controlaba que las cuotas se cumplieran, que los embarques se hicieran a tiempo. Todo ese trabajo le producía sobre todo un inmenso aburrimiento. Pedernera nunca había cometido un error, nunca había tenido un accidente, ni un contratiempo en su ascenso constante; parecía uno de esos hombres con suerte que no conocen la indecisión, ni mucho menos la falta de confianza en sí mismo. A los treinta y dos años era uno de los abogados más conocidos y ya habían empezado a disputárselo otras compañías. Tenía ante todo un alto concepto de sí mismo. No había nada parecido en el país y, si se lo hubieran preguntado, sin duda habría dicho que era el mejor en su profesión. Era vivamente consciente de sus méritos y sus recompensas.

Esa tarde había bajado a la sala a preguntar si le podían recomendar a alguien de la zona para salir a pescar en alta mar. El telefonista de guardia le habló de la lancha de Peco y le dio los datos. Pedernera lo llamó por teléfono y arregló con él las condiciones. Según el relato del telefonista, quedaron en salir a navegar a la mañana siguiente y pasar el día pescando mar adentro, si el tiempo lo permitía. Según parece, hizo una promesa: si ganaba en el casino iría a pescar, pero si perdía se volvía a Buenos Aires. Desde el hotel llamó a su mujer. El telefonista resumió la conversación: «Te llamo a la oficina y no me contestás», parece que le dijo la mujer. Pedernera se quejaba. Siempre la misma urgencia, la necesidad de saber dónde estaba. Marga era comprensiva, demasiado comprensiva, le explicó el telefonista a Croce, lo trataba como si él estuviera en peligro. Su mujer sabía, él sabía que ella sabía, pero nadie decía nada. Ese era el pacto, concluyó el telefonista.

Croce siempre recurría a los encargados de las telefónicas porque desde luego escuchaban todo y estaban al tanto de vida y milagros de la población. Eran sus informantes más seguros, y Croce siempre les daba un dinero a cambio de la información, y hacía pasar las coimas como gastos de viaje o viáticos. El joven de la centralita del hotel parecía tener una memoria precisa porque le transcribió el diálogo de pe a pa. «El señor hablaba desde el mostrador, así que se escuchaba clarito lo que decían él y su esposa.»

–Ah, sos vos, te llamé. Me dijeron que no estabas.

–Recién llego a Necochea.

–Hace un rato llamé de nuevo.

–El casino abre a las cuatro, no era ahí donde estaba.

–Solo te pedí que me dijeras dónde te puedo encontrar.

–Vuelvo mañana a la tarde.

–No me hagas promesas si no las vas a cumplir –dijo ella irónicamente, según el telefonista.

–No sé de qué me estás hablando, nena.

«Parece que no le gustaba justificarse», agregó el joven.

–Te doy con los chicos –dijo ella.

Una sola vez la había escuchado quejarse. «Lo que yo gano en una semana vos te lo jugás en una noche. No tiene sentido trabajar.»

Según Peco, Pedernera se había confesado con él como si lo conociera o fuera su amigo, ese aspecto le había llamado la atención a Croce. Si no hablaba con su mujer, se sentía intranquilo, le había dicho Pedernera a Peco. No le gustaba que ella estuviera pensando en él. Lo distraía, le creaba un estado de ánimo demasiado emocional. Tenía que estar suelto, relajado para ganar. El reloj que había sido de su padre le daba suerte. Lo había empeñado varias veces y una tarde, cuando lo rescató de un local de compra y venta en la rambla de Mar del Plata, se dio cuenta de que le habían quitado la certificación de que los cuadrantes eran de rubíes y de que estaba hecho en Suiza. El reloj era el mismo pero parecía indigno ahora. No para él. Seguro le habían agregado la marca a un reloj cualquiera para subirle el valor. Igual le daba suerte y no podía quitárselo. «Pero ya no tenía el reloj», contó Peco. «Varias veces me pidió la hora. Tal vez me mintió y se lo había jugado o lo había dejado en el hotel.» «En el hotel no estaba», le dijo Croce, a quien esos detalles le importaban siempre. ¿Así que no tenía reloj? Interesante, concluyó el comisario. En un papelito anotó algo sobre el reloj. «¿Era suizo?», le preguntó con seriedad. Pero Peco ya no sabía y no podía recordar. «Estoy confuso», le dijo a Croce.

Pedernera trataba de no quedar demasiado atado a esos rituales mínimos que a veces lo obligaban a hacer cosas que no le gustaban. Por ejemplo, no ir nunca a jugar con su propio auto. En la maceta con los malvones, a la entrada del hotel, había escondido plata para pagar el taxi si volvía sin un peso. Le hablaba a Peco como si necesitara desahogarse o como si el aire del mar, con los dos solos en la lancha, le hubiera borrado la borrachera y lo hubiera puesto locuaz.

«Pensaba en voz alta», le dijo Peco a Croce. Si alguien le robaba la plata, le iba a ir mejor. Le había pasado una vez, había dejado el dinero bajo la alfombra en el palier y vio que el portero lo levantaba con aire distraído: esa noche había ganado. Usaba cábalas. Para ganar, a veces tenía que dar propinas desorbitadas, a veces tenía que dejar caer plata con descuido en la calle. Cuanto más difícil era antes, mejor le iba después. Antes, antílope, Antioquía, Antártida. Tenía que repetir palabras o series (películas, equipos de fútbol) o nombres de mujer o estaciones de subte para no pensar y entrar al casino como un boxeador que sube al ring, concentrado, en blanco, aterrado, seguro de sí mismo, confiando sobre todo en su instinto, en sus reacciones emocionales, dejándose llevar.

Fue a la sala especial. De entrada empezó a ganar. Jugaba tres bolas y salteaba una. Como un boxeador en el ring, tres minutos de pelea y uno de descanso. Lo difícil cuando no jugaba era no pensar en un número, porque a veces ese número salía. Se alejaba de la mesa, se distraía si era posible. Tuvo una racha de cinco plenos jugando a la primera docena. Decidió jugar cinco manos y descansar dos. Ganó tres manos seguidas y tuvo como un flash. Dejó pasar dos manos. Jugó otras tres y volvió a ganar. Pasó a tercera docena: hacía cruzas, duplicaba las calles y las líneas. Negro el cuatro. Había perdido. Fue al baño.

Le describió a Peco la sensación de extranjería que le causaba la sala de juego. Un público de adictos que van al casino en invierno. Gordos con campera de gamuza, muchachas ya envejecidas con pinta de alternadoras. No eran gatos, sino mantenidas al viejo estilo, aunque quizá se equivocaba y eran las esposas fijas o las amantes o venían solas.

59

A veces las que perdían se dejaban llevar a una pieza por el primer desconocido que las miraba con codicia. A veces las que ganaban levantaban a un provinciano que había perdido y no quería regresar a su casa. Eran coitos sucios, violentos. Así debía ser el infierno: un salón de juegos, luces blancas, la moqueta azul eléctrico y todos encerrados ahí eternamente.

Había una mujer de anteojos negros a la que le había escuchado decir «esto es diabólico». Estaba perdiendo, él le dio plata, la había visto en otros casinos. A cambio, ella se sacó un dije de oro con forma de pescado y se lo dio. Pedernera le regaló el dije a Peco. «Te va a dar suerte en la vida», le dijo. «Sos un pescador, ahora tenés un pescadito para siempre.» Hablaba así, dijo Peco, parecía loco o muy alegre. «Regalar plata a una mujer que está perdiendo trae suerte.» Era un método como cualquier otro. No solo las jugadas en las que se gana son importantes, sino también cuando se pierde, la clave es tener una progresión fija, espantar el azar.

«Gana y gana», le contaba Peco a Croce. «Me voy cuando pierda la primera bola», le había dicho Pedernera. Y describió el ruido seco de la bola que repicaba en el tambor sin terminar de caer. Aquí, el amigo se jugó entero, dijo el pagador, le dijo Pedernera a Peco, que se lo contaba esa tarde a Croce en la comisaría donde estaba detenido. Sintió la indecisión de la bolilla negra que parecía bajar en la dirección justa. La mujer con anteojos negros movía los labios como si rezara. «Negro el cuatro», dijo el crupier. Era un juego como cualquier otro, el único donde no se podía fracasar aunque se perdiera la vida. ¿Aunque? Si le aseguraran que siempre iba a ganar, no iría al casino.

A la madrugada salió de la ruleta, anduvo un rato por la rambla. Enfrente se veía el puente colgante. No quería contar la plata. Estaba exaltado. Miró el reloj, eran las cinco, estaba amaneciendo. No le gustaba lo que había visto en las agujas del reloj que había sido de su padre. Entonces lo dejó caer al mar. ¿Cómo sería la hora de un reloj bajo el agua?

III

Croce le había pedido a Peco que le contara con «lujo de detalles» los hechos del día de pesca. Estuvieron hablando un par de horas en la celda de la comisaría del puerto de Quequén. Cuando uno de los vigilantes vino a decirle que el tiempo de la visita al sospechoso había terminado, Croce lo sacó corriendo y le dijo que él solo recibía órdenes del jefe de la Federal. Mientras Peco hablaba, Croce parecía distraído y distante porque ponía su mente en piloto automático y se dedicaba a asociar lo que escuchaba con las ocurrencias que le venían del pasado como una iluminación. En broma, Croce decía que adivinaba el porvenir porque su hipótesis –siempre inesperada– producía efecto en la vida futura de los implicados. Así que escuchó el relato de Peco como si estuviera dormido o, mejor, rectificó mentalmente, entredormido. Entre quería decir pase usted, y dormido no estaba. Ese era su método de deducción en casos difíciles. Peco cada tanto interrumpía su relato y se lo quedaba mirando. «¿Duerme, comisario?» «No», le decía Croce sin abrir los ojos, «estoy atando cabos.»

Cuando Peco fue a buscarlo al hotel ya era de día. Temprano a la mañana el cielo estaba claro y al fondo el horizonte se confundía con el azul del mar. Pedernera apareció vestido con una campera de tela encerada, con jeans y con los pies descalzos. Peco no había dicho nada porque sabía que los clientes que alquilaban la lancha para salir a navegar eran tipos extravagantes. Se imaginaban metidos en una aventura peligrosa y actuaban en consecuencia. Pedernera le pareció un joven de aspecto disipado, con una gorra de capitán y anteojos oscuros. Estaba medio disfrazado, contó Peco con aire jovial. Parecía entusiasmado y le dijo que quizás alguna vez iba a comprar un barco. Salir a pescar tiburones en alta mar le despejaba la cabeza. «No es la pesca», dijo Peco, «son los barcos. Uno deja de pensar cuando navega.»

IV

«Lázaro nunca le perdonó a Cristo que lo haya vuelto a la vida», dijo Pedernera esa tarde. Tal vez fue la única alusión al suicidio, pensaba Peco. Habían salido bordeando la costa, habían cruzado el puerto de Quequén y enfilaron mar adentro. Iban a estar seis o siete horas en el mar. Llevaban sándwiches de milanesa y varias botellas de cerveza. Salieron a buscar los tiburones que daban vuelta por ahí rastreando los restos de la pesca de altura que los coreanos de los buques factoría tiraban al agua cuando terminaban el fileteo. «Esto es vida», dijo Pedernera, eufórico. Era mediodía, el mar estaba calmo, la barca avanzaba rápida y el rumor de la marcha era como una música. «Podría pasarme la vida en el mar», dijo Pedernera. «¿Qué pasa si seguimos viaje y nos vamos a Brasil?» Hablaba y hablaba, con un tono exaltado y maníaco. Parecía haberse olvidado de los tiburones y de la pesca, y estaba concentrado en decir algo que Peco no entendía. «Si pudiera cambiaría mi vida por la tuya», dijo.

Ser un pescador, salir al mar todas las mañanas, sentir el aire salado en la cara, escapar de la ciudad y de su mujer y sus hijos. Lo miró de frente con una mueca rara en el rostro y cerró los ojos. Peco estaba en el timón midiendo la distancia que los separaba de la estela oscura en la que adivinaba la silueta criminal de los tiburones blancos. Estaría a unos quinientos metros de las aguas profundas por donde nadaban los grandes peces asesinos. Eso pensaba Peco mientras guiaba la embarcación y miraba de reojo a Pedernera, que estaba sentado en la silla desde la que sostenía la caña entre las piernas, a la espera de la pesca mayor. Peco inició un viraje hacia el sur con la intención de trazar un círculo que rodeara a la posible presa sumergida en el fondo de la mancha en sombras. Ahí debía estar el tiburón, en la profundidad tenebrosa, y era preciso obligarlo a salir a la superficie. Ahora Pedernera se había parado y se desperezaba de espaldas al sol. «Mejor que no sueltes la caña», pensó Peco, y le pareció que Pedernera le sonreía, pero cuando volvió a mirarlo ya no estaba ahí. No estaba. Había desaparecido. ¿Era posible? No había ningún rastro en el agua. ¿Se había caído? ¿Era un accidente? Había dejado colgadas delicadamente las llaves del auto en la baranda de proa. Lo buscó dando vueltas por la zona donde imaginó que se había tirado al mar. Por fin detuvo la lancha. En la silla estaban la gorra y los anteojos. Revisó el barco. Comprobó que se había llevado con él el contrafuerte de corte y el cargador de hierro de la polea, las usó de ancla, para hundirse más rápido.

El relato de Peco no alcanzaba para probar que la muerte de Pedernera era un suicidio. Podía ser un accidente, pero en ese caso Peco sería acusado de dolo eventual e iría a la cárcel. Como propietario de la lancha, era responsable de lo que pasara. Incluso el seguro no le cubría una situación como esta, salvo que se pudiera probar que había sido un suicidio. Estaba en una encerrona y no podría salvarse de aparecer como responsable de la muerte del abogado Pedernera. Croce lo tranquilizó como pudo y salió de la celda y de la comisaría con la intención de ir a la costa y caminar por la arena cerca del mar para pensar en una solución.

V

Croce anduvo por la playa desierta, las olas le mojaban los zapatos pero siguió adelante hundido en sus pensamientos. Un jugador que se mata después de haber ganado en el casino no era lógico, no era racional. Por eso quizá era cierto, las cosas pasan sin que nunca podamos conocer el motivo. Pedernera había actuado como si su última voluntad hubiera sido comprometer y complicar a Peco con su muerte y mandarlo a la cárcel. El efecto no deseado dominaba el mundo, todo pasa sin que nadie pueda imaginar sus consecuencias. Croce se había parado sobre una duna y miraba el océano frente a él. Cuántos barcos hundidos, botes, veleros, chalupas, innumerables tesoros en las profundidades, cientos y cientos de cristianos habían muerto ahogados; el mar era un gran cementerio, pero las personas seguían viniendo a bañarse y a nadar aquí. En las interminables playas del sur, parecía que el tiempo se había detenido. «Algunas estancias de la provincia terminaban en el mar», pensaba. Los gauchos le disparaban al agua y no se bajaban del caballo. En las bajadas de esos médanos había pantanos y cangrejales, y lo mejor era seguir de largo.

Estaba encandilado por el sol, pero vio algo y se detuvo a mirar. Hizo una pantalla sobre los ojos con la mano ex-

64

tendida. Atrás de la primera rompiente vio una mancha y le pareció que era un cuerpo. Tardó en descubrir que era una campera que flotaba hacia la orilla. Croce la dejó venir. «Es la de Pedernera», se dijo, y rápidamente comprendió o, mejor, imaginó que Pedernera se había tirado al mar para matarse pero se arrepintió y para tratar de nadar se quitó con esfuerzo la campera. Se había arrepentido y se sacó la ropa para nadar mejor. Imaginó la escena, lo vio doblarse y luchar contra la tela que se le pegaba al cuerpo. Había hecho una apuesta, calculó Croce. Me tiro al mar y si me salvo cambio de vida. «Logró sacársela», pensó Croce, «pero igual se ahogó.» Esos pensamientos lo distrajeron y tardó en darse cuenta de que varios billetes habían aparecido en la superficie, y las olitas bajas los arrimaron hacia él. Todo se había aclarado de pronto. La plata estaba en los bolsillos de la campera impermeable que flotaba como un cuerpo. Billetes de cien y de quinientos estaban en el agua, y Croce se descalzó y se metió para rescatarlos. Puso los billetes a secar sobre unas piedras y para que no se volaran los sujetó con sus zapatos. Así que él también estaba descalzo, como Pedernera, pensó. Un hombre va a pescar descalzo porque piensa matarse. Esa era una evidencia. Solo tenía que conseguir el testimonio de los empleados del hotel que lo habían visto bajar en el ascensor y salir al *lobby* del hotel «en patas», se dijo Croce satisfecho. Los pies descalzos, una prueba. La plata decide todo, la plata no gastada, no invertida, pero mojada. Esa era la prueba de que Peco era inocente. Había una relación entre la plata y el agua. ¿O acaso no se hablaba de liquidez para referirse al dinero que fluye? Dinero líquido, liquidez, lavado de dinero. Soñar con dinero en el agua trae mala suerte, pero en este caso había sido al revés. Era un milagro, una prueba de su buena fortuna, cómo no. Entonces pensó en los muertos por mano propia. En el campo, recordó, antes, se le ponía una estaca en el cuerpo al suicida, sobre la cara del muerto se colocaba una piedra y se lo enterraba en una tierra de nadie, como si fuera un vampiro. Para que no se alzara como un fantasma y acosara a los vivos. En este caso, el fantasma había salvado a un hombre. No el fantasma propiamente dicho, sino el traje del fantasma, concluyó Croce, o mejor, la campera.

5. LA EXCEPCIÓN

I

Croce logró resolver un dilema histórico que había ocupado durante décadas a los investigadores y académicos. Lo hizo a su manera, una mezcla de intuición y coraje. Leyó poemas sin dejarse amilanar por el hermetismo de los versos. Usó su técnica de asociar libremente y trató cada palabra como si encerrara una vía de escape de la cárcel del lenguaje.

–No son muy distintos nuestros métodos de inferencia –le dijo Reyes, uno de los afamados historiadores de la comarca–. Para mí –prosiguió el historiador–, los documentos del archivo son lo mismo que para usted los indicios y las huellas. No creo en la existencia de leyes de la historia y solo estudio las excepciones.

Croce y Reyes estaban esa tarde en el bar del Hotel Plaza analizando una situación que era incomprensible para los que investigaban la historia argentina del siglo XIX.

–¿Hacen mal los muertos al volver? –le preguntó el viejo historiador a Croce.

–Ustedes lidian con espectros muertos hace cien años y nosotros –dijo Croce– trabajamos solo con cadáveres recientes. Sí –agregó Croce–, tratamos con fantasmas próximos o lejanos. Salvo eso, nuestra tarea es igual.

–Sí, claro –dijo el historiador–. Por ejemplo, ¿qué diría usted de este caso? –Y le resumió el asunto–. El hombre que nos interesa es un médico y poeta romántico llamado Hilario Nieves. Fue asesinado el 3 de febrero de 1852 en la batalla de Caseros.

–¿Asesinado? –preguntó Croce.

–Bueno, fusilado sin razón porque algo se reveló de su personalidad y Urquiza lo mandó matar.

–¿Cuáles son las evidencias? –preguntó Croce.

–Unos poemas que guardaba en su maletín de médico. Nieves nunca lo dejaba, incluso lo usaba como almohada para dormir.

Nadie sabía cómo había llegado al archivo del pueblo el maletín del médico Hilario Nieves. Rosa Estévez, la bibliotecaria y compañera de Croce, lo encontró por casualidad en el interior de un baúl que contenía ropa, frascos y ovillos de lana. Era habitual que llegaran cajas o valijas, que anónimos colaboradores espontáneos enviaran al archivo del pueblo piezas que consideraban de interés histórico. Rosa las revisaba y aceptaba o no el material diverso, pero esa tarde encontró la pequeña valija de cuero con un material y de inmediato intuyó su valor histórico. Eran poemas escritos a mano con una caligrafía muy cuidada.

Había además una serie de documentos sobre la batalla de Caseros y en especial se informaba de un incidente menor del que se ocupaban los diarios de la época *La Tribuna* y *El Nacional*. Alguien, dijo el historiador, había agregado esos materiales sobre el hecho.

–¿Con qué objeto? –preguntó Croce.

–No sabemos –contestó Reyes.

A partir de la llegada del maletín, el historiador se instalaba todas las mañanas en el archivo del pueblo, donde pasaba varias horas leyendo y releyendo los documentos.

–Una batalla es, para ser rigurosos, invisible y confusa. La mirada cercana permite atrapar cualquier cosa que escapa a la visión de conjunto y viceversa. Hay que pensar el problema –dijo el historiador– en otra escala, ver la batalla como un torbellino y aislar un momento y detenerse ahí. Es el punto mínimo que condensa el enigma. En ese combate se definió el futuro de la Argentina moderna –concluyó el historiador, que distribuyó tazas de café y sobres de azúcar para ilustrar las imágenes del enfrentamiento.

Entonces, para nuestro tema, digamos, según las crónicas, el cirujano mayor de las fuerzas rosistas sale de su improvisado hospital de campaña vistiendo el uniforme reglamentario; trata infructuosamente de calmar los ánimos de los hombres del general Justo José de Urquiza, que llegaron al campamento luego de que Juan Manuel de Rosas huyera herido en la mano por una bala, al ser atacados por unos pocos federales que no aceptan que la batalla está perdida. Sin perder la serenidad, el doctor Nieves, desarmado y exhibiendo las hilas en la mano, con su voz aflautada y un poco chillona, intenta dirigirse al jefe de la tropa asaltante, comandante Godoy, se da a conocer y pide protección para sus heridos.

Enterado Urquiza, ordena que sea conducido a su presencia. Nieves era de una familia entrerriana, lejanamente emparentada con Urquiza, por eso fue a la reunión con el general sin prevenciones y dejó el maletín en la tienda de campaña donde había instalado el hospital. Sus colaboradores se retiran dejándolos a solas. Dicen que Urquiza recibió al prisionero afablemente; hablaron a puertas cerradas.
Puede reconstruirse lo que ocurrió. El vencedor de Caseros habría reprochado a Nieves su deserción del bando antirrosista. Usted, un entrerriano, cómo pelea con estos por-

teños, es traición. Nieves le habría respondido que allí había un solo traidor: quien se había aliado al extranjero para atacar a su patria. Urquiza habría considerado que no eran momentos ni circunstancias para convencer a ese hombre que lo miraba con desprecio de que todo recurso era válido para ahorrarle a su patria la continuidad de una sangrienta tiranía. Pero algo más habría dicho Nieves. Quizá referido a la fortuna de don Justo, de la que tanto se murmuraba. Al salir, «Vaya nomás», dijo Urquiza secamente. Cuando Nieves había abandonado la habitación, Urquiza se volvió hacia su edecán y ordenó que lo fusilen, que lo fusilen por la espalda. Parecía muy enojado. El señor Elías, secretario del general en jefe, dijo que Urquiza no había tenido intención de fusilarlo; pero que habiendo sabido, no sé por quién, que Nieves había dicho que tenía conciencia de haber servido a la independencia del país sirviendo a Rosas y que si mil veces se volviese a encontrar en igualdad de circunstancias, mil veces volvería a obrar del mismo modo, lo mandó matar.

–Esa no puede ser la razón –dijo Croce como si interrogara a un sospechoso.

–Puede ser –dijo el historiador.

–¿Qué otras pistas conoce?

–El mayor Modesto Cantón publicó en el tomo diez de la *Revista Nacional* detalles de esos momentos que le tocó vivir. Dice que al comunicársele a Nieves que sería fusilado, no todavía la forma, el hombre pareció esperar ese desenlace. «Recuerdo que iba con toda tranquilidad, pues lo llevaba a mi lado. Al llegar al paraje designado, le comuniqué la orden tremenda de que era portador, no lo de la puesta de espaldas. Está bien, contestó, permítame señor oficial reconciliarme con Dios, y dio unos cuantos pasos rezando en voz baja.» Le pide a Cantón que busque el maletín y se lo entregue a su madre. «Hay unos papeles ahí, unos versos que quiero se conserven, me dijo», contó Cantón. Se quitó asimismo su pequeño tirador y, arrojándolo al suelo, manifestó que había en él algunos cigarros y un poco de dinero. También regaló a los soldados su poncho y su sombrero, pidiéndoles con voz aguda que no le destrozaran la cabeza. Cuando alguien le comunicó el verdadero sentido de la sentencia, estalló como un volcán que vuelca lava hirviente. Era una fiera que rugía incontenible. «Un oficial quiso asirlo para ponerlo de espaldas», cuenta Cantón, «y fue a dar a tres varas de distancia, y Nieves, dominando a los soldados, golpeándose el pecho y echando atrás la cabeza, les gritó: "¡Tirad, tirad aquí, canejo, que así mueren los hombres como yo!"» Los soldados bajaron los fusiles. El oficial los contuvo. Un tiro sonó. Nieves tambaleó y su rostro se cubrió de sangre, pero se conservó de frente a los soldados gritándoles: «¡Tirad, tirad al pecho!» Envuelto en su sangre, hizo todavía el ademán de llevarse la mano al corazón. Era el «¡Tirad aquí, tirad aquí!» que los soldados debieron recordar con horror en sus noches solitarias.

–El problema –dijo Croce– es por qué ordenó Urquiza que lo fusilaran de espaldas. ¿Qué podemos saber sobre eso?

–Era el castigo reservado a los traidores.

–Pero ¿por qué sería un traidor este doctorcito con voz de pito?

–Aflautada –dijo el historiador.

–Es lo mismo –dijo Croce, y miró el daguerrotipo donde se veía el rostro fino y delicado de Nieves.

–Ese es el enigma.

–Lo mejor –dijo Croce– es ver con detalle las pruebas.

–¿Las pruebas? –preguntó el historiador.

–Bueno, los papeles –dijo Croce–, esos versitos.

Croce pasó una semana en el archivo estudiando los versos de Nieves. Era la única pista que tenía para develar el misterio de esa muerte. Efectivamente, el doctor Nieves era un poeta, el único poeta romántico que apoyaba a Rosas. La poesía federal era, en su gran mayoría, poesía gauchesca afirmada en el habla popular, pero los versos de Nieves eran poesía culta y un poco hermética.

Croce leyó los poemas como si fueran las declaraciones de un testigo alucinado. Muchas veces le había tocado escuchar a un acusado que decía ser sobrino de la Virgen de Luján o a asesinos que aseguraban ser enviados de Juan Domingo Perón. Hablaban raro esos hombres un poco dementes y había algo así en estos versos. Lo primero que le llamó la atención fue la cantidad de palabras que no comprendía, así que le pidió a Rosa que le trajera diccionarios y léxicos de diversas especialidades. Por ejemplo, las palabras *barrunto* y *arcano*. Consultó en el diccionario y decía: *Barrunto: (masc.) Sentimiento o sospecha de que algo va a suceder. Indicio o noticia. «Hay barruntos de que nos darán una sorpresa.» Barruntar: Conjeturar, presentir una cosa por algún ligero indicio. «Ya barruntaba yo que te pasaba algo.»* Estaba en el buen camino, parecía una descripción de su método de trabajo, y buscó: *Arcano: 1. (adj.) Secreto, recóndito, reservado: «textos arcanos». 2. (masc.) Secreto muy reservado o misterio muy difícil de conocer: «los arcanos de una secta». Misterio, superstición.* Había entonces un camino que se abría en esas palabras oscuras, ¿marcaban un sendero? Era una posible clave. Misterio, intuición de que algo iba a pasar, pero ¿qué? Se había hecho fotocopiar los versos, así que subrayó con un círculo las palabras enigmáticas y obtuvo una frase: *Barrunto los arcanos sempiternos del cúmulo tardío.* ¿Qué significaba? Miró las páginas, eran una telaraña de palabras o locuciones marcadas y señaladas con lápiz. Buscó: *Locución: 1. (fem. gram.) Combinación estable de dos o más palabras que funciona como oración o como elemento oracional y cuyo sentido unitario no siempre es la suma del significado normal de los componentes.* Entonces dejó de estudiar las palabras aisladas y decidió ampliar el ángulo de observación y analizar el sistema de comparaciones, analogías y metáforas. Hizo una serie y las encolumnó.

Sagrado ministro del Dios de Epidauro.

¿Era una metáfora? ¿De qué?

Un astro fulgente que nace en el cielo.

¿Y eso?

Las présagas voces de génios aéreos
diránte secretos que nadie alcanzó.

Estaba perdido. Subrayó *présagas* y la buscó en el diccionario: *Présago, ga: (del lat. praesāgus). 1. (adj.) Que anuncia, adivina o presiente algo.* Es siempre lo mismo, pensó Croce. Leía los poemas como si fueran un criptograma del que trataba de encontrar la clave que le permitiera decodificar un mensaje secreto. No lo llevó a ningún lado, entonces se detuvo en las rimas:

Pregúntome, ¿cuál de aquellas
Cinco damas es más linda?
Un amante; ayelo Alcinda
Y dice, ninguna de ellas.

73

Separó las rimas *aquellas/ellas, linda/Alcinda.*
Buscó *Ayelo,* pero no figuraba. Quiere decir, dedujo
Croce, «hallelo», del verbo hallar, es decir, lo encontró. El
vate inventa palabras. ¿Será una clave? No creo, concluyó.
Siguió con el análisis de las rimas.

Y en esta consigna*ción,*
Si por estar bien sobr*ada*
La plaza, no gano n*ada,*
Cobra, tú, tu comi*sión,*
Y está la cuenta sald*ada.*

Siguiendo la distinción que encontró en el diccionario,
que marcaba ante cada palabra su género *(masc./fem.)*, empezó a diferenciar las rimas masculinas de las femeninas. Los
versos femeninos y masculinos se alternaban. Según se dio
cuenta, las rimas llamadas femeninas terminaban siempre
en una sílaba muda y las rimas masculinas en una sílaba
acentuada, pero la diferencia entre las dos clases de rimas
persistía igualmente en la pronunciación corriente que su-
prime la *e* nula de la sílaba final, ya que la última vocal
acentuada estaba seguida de consonantes en todas las rimas
femeninas de los poemas, mientras que todas sus rimas
masculinas terminaban en vocal. Todos los versos terminaban en nombres, ya sean sustantivos o adjetivos. El nombre
final estaba en plural en los versos de rima femenina, todos
ellos más largos que los versos de rima masculina, que en
todos los casos terminaban en un nombre en singular.

¡Eureka!, gritó Croce, y Rosa se asomó: ¿Qué pasa, corazón? Después te explico, dijo Croce. Había sido un golpe
de intuición, no sabía qué buscaba probar pero se dejó llevar
por una corazonada. Barrunto, pensó usando una palabra

74

recién conocida, que la diferencia de los sexos es la clave del asunto. Bien, dijo Croce, las rimas abrían una ruta. Croce, como algunos de los hombres de su generación, se sabía de memoria el *Martín Fierro* y los versos del poema le surgían como agua de manantial en cualquier circunstancia. Era un repertorio de dichos y de ejemplos que formaba parte de su memoria. Sobre todo era un modelo de poesía, era un relato en verso, y Croce se decidió a buscar los argumentos en la poesía de Nieves. Basta de minucias y de palabras aisladas, tengo que reconstruir la historia que se cuenta en estos versos, ver cuáles son los personajes principales, y entonces avanzó rápido.

Se puso a buscar series, asuntos que se reiteraban, y armó un campo temático, como si fueran las pistas que deja un hombre que viene huyendo. La oposición masculino/femenino funcionaba como las reglas de un silogismo. Todas las personas se dividen en masculinas o femeninas. ¿El poeta dónde está? En esa indecisión estaba la clave. Encontró las huellas que buscaba y subrayó *astuto artificio, fingimiento, miento, disimulo, mentira, enmascarada,* una de las asociaciones que definían el argumento central de los poemas. Entonces, se dijo, el que escribe oculta su identidad pero, se preguntó Croce, ¿el que escribe es el que es? Hay que verificarlo.

¿Había descifrado el intríngulis? Ya que estaba, buscó *intríngulis* en el diccionario, el mataburros, se dijo, mientras localizaba la palabreja: *(de or. inc.). 1. (masc.) Dificultad o complicación de algo. 2. (masc. coloq.) Intención solapada o razón oculta que se entrevé o supone en una persona o en una acción.* Todas las palabras incomprensibles de este caso remitían al mismo asunto. Llamó a Rosa.

–Encontré la clave pero necesito una comprobación práctica. ¿De dónde vino la valija con los versos?

—De Tapalqué –dijo Rosa.

—Ya vengo –dijo Croce.

III

Tomó la ruta nacional número 226 y manejó casi dos horas con las ideas que se arremolinaban en su cabeza. Le sonaban los versos de Nieves. De tanto estudiarlos, había aprendido de memoria algunos poemas. En voz alta recitó:

Soñé que la fortuna en lo eminente
Del más brillante trono me ofrecía
El imperio del orbe, y que ceñía
Con diadema inmortal mi augusta frente.

Croce iba, poético, en su auto, mirando las vacas que se movían apenas en la tarde. Tenía buena memoria. En su mente se fijaban las cosas más inesperadas, por ejemplo, la numeración del envío del correo, la carta de porte con la que habían mandado el baúl con el maletín y los poemas, «04752», recitó ahora Croce a voz en cuello. Se sentía feliz, estaba a punto de resolver un caso extraño con implicancias históricas. ¿No era el problema más difícil de su carrera? Tal vez, pensó, pero seguro era el más raro. Un crimen cometido hacía más de cien años, pero ¿era un crimen? Sí, pensó, mientras entraba en el pueblo y enfilaba por la calle que lo llevaba a la oficina de correos.

El empleado, con aire aburrido, miró el número del envío y le dio los datos. Justina Nieves vivía en la parte vieja del pueblo. Croce salió de correos y no le costó mucho dar con la casa señorial de dos pisos frente a la plaza. Lo atendió una viejita casi centenaria. Tenía un rostro armonioso y ojos azules. Se alegró al saber que su envío había sido bien recibido. Era la última sobreviviente de la familia, sobrina nieta, o bisnieta, del poeta. Los parentescos tan remotos la entristecían, dijo, y Croce afirmó como si entendiera el sentimiento o la esperanza de pertenecer a un linaje antiguo y noble. La mujer explicó que no había querido que el maletín con los versos que había pasado de generación en generación se perdiera. Ella lo vivía como una deuda o una promesa incumplida. Croce le explicó en pocas y confusas palabras sus conclusiones. La mirada y el semblante de esa mujer intemporal se iluminaron como si una luz interior hubiera ardido dentro de ella, y le confirmó lo que él había comprendido a medias.

–Se disfrazó de varón para poder entrar en la escuela de medicina, que estaba vedada a las jóvenes, y luego se sostuvo en esa apariencia, fue soldado y peleó en las campañas de Rosas como cirujano. ¿Qué mujer –concluyó con aire pícaro– no ha soñado alguna vez con ser un hombre e imaginar cómo hubiera sido su vida?

–Más fácil –dijo Croce.

–Y más divertida –dijo doña Justina.

–¿Y cómo se llamaba la muchacha?

–Hilaria. Basta cambiar una letra y la vida es otra.

No había querido llevarse el secreto a la tumba y había propuesto una adivinanza al porvenir. Se alegraba de que todo se hubiera aclarado mientras ella estaba viva.

–¿Y por qué la hizo matar de ese modo infamante el general Urquiza?

–Se habrá sentido herido en su virilidad.

–Claro –dijo Croce–, no soportó que una muchacha le hiciera frente y lo desafiara.

–Mantuvieron el secreto todos los implicados. –Hizo una pausa–. Ella quiso morir como un hombre.

En los poemas estaba la clave e Hilaria había cifrado en esos versos la verdad de su vida.

—Y usted —dijo al despedirse— ha sido su Tiresias —concluyó con ironía.

Croce se fue de la casa con la sensación de haber vivido una experiencia intensa y mágica. Volvió manejando mientras caía la noche en los campos y las llanuras grises bajo la luna llena. Una mujer había decidido ser un hombre y vivir de acuerdo con ese deseo, y por eso se convirtió en poeta. En sus versos estaba la verdad de su mutación, de su deliberada metamorfosis. La vio en la noche en su tienda de campaña. Se decía que había tenido amores con una mujer casada y por eso había permanecido en Buenos Aires, luchado sin ilusiones con las fuerzas de Rosas a pesar de que las deserciones habían hecho de antemano imposible la victoria. Estaban derrotados antes de empezar, le había dicho el historiador. Los soldados porteños llevaban un arete sellado en la oreja izquierda que no se podía quitar para ser identificados si desertaban, y ella también, imaginó Croce, lucía con orgullo ese adorno injurioso. Único emblema femenino que sobrevivió a su empaque de varón. Sí, se dijo el comisario, única insignia cierta de su condición de mujer bravía, y entonces unos versos sonaron en su memoria como un homenaje o un réquiem y los recitó en voz alta como si cantara:

La noche pregaba su negro ropaje,
La aurora entre nubes de nácar y encaje
Su frente de zafir y perlas mostró;
Y una mujer radiante de extraña alegría
De aquel paraíso salió con el día
Absorto en su dicha, y ¡esa mujer era yo!

6. EL IMPENETRABLE

I

Cuando desapareció el ingeniero Panizza, llamaron al comisario Croce para que se ocupara del caso. Llegó una tarde a la casa del industrial en un barrio residencial en City Bell y fue recibido por la mujer. La casa era amplia y en una primera recorrida Croce, casi por casualidad, al mover un cuadro que estaba imperceptiblemente mal colgado, descubrió la puerta camuflada que le dio acceso a un cuarto lleno de libros en ruso. Había también un informe que no pudo descifrar y, en la mesa vacía, una tarjeta del Hotel El Tropezón, en el Tigre. Eso fue lo único que se llevó Croce esa tarde de la casa del posible prófugo. La mujer no conocía ese lugar clandestino de la casa, ni sabía que su marido leyera obras en ruso. Sorprendida, sugirió que la habitación oculta podría ser del propietario anterior de la casa, un ciudadano alemán que se ocupaba de la cría de caballos árabes. Croce dejó todo como estaba pero le pidió a su ayudante Barrios que sacara fotos de los libros y los documentos.

Había dos lugares donde ella podía imaginar que su marido se había recluido. Uno era la casa de verano de la familia, cerca de San Javier, en Córdoba, pero luego de algunos tímidos llamados, primero al casero y luego al encargado de correos, ambos le respondieron que no habían visto a su marido. Ella sabía además que Panizza solía pasar algunos días solo en Piriápolis porque le gustaba jugar en el casino y no quería que sus socios lo vieran. Prefería esa ciudad del Uruguay donde podía aspirar a cierta invisibilidad. Era su manera de descargar las tensiones del trabajo y de tirar la plata. Su mujer, Carmen Unzue, tenía el estilo frugal de las clases altas argentinas y a menudo le parecía vulgar el modo en que su marido gastaba el dinero. Le gustaban los hoteles de lujo, los autos importados, la ropa de marca exclusiva y las propinas desvergonzadas. Una tarde le había dado un billete de cien dólares al botero que lo llevaba al amarradero del Tigre donde guardaba el velero. Carmen, desde luego, veía esa ostentación como un gesto de debilidad que expresaba la ascendencia modesta de una familia de inmigrantes italianos. Tal vez su marido se había refugiado unos días en el delta del Paraná. Le gustaba el río, la calma, salir a navegar por los brazos del Rama Negra, buscando el río abierto.

Son tantas las cosas que pueden sucederle imprevistamente a una persona. Son tantos los secretos. Pero Carmen era una mujer demasiado bella y segura de sí misma para hacer escándalos. Estaba acostumbrada a las extravagancias de su marido y durante unos días mantuvo la calma. Resuelta y tranquila, le dijo a su hijo que su padre estaba en un inesperado viaje de negocios y que seguramente no tenían noticias por culpa de las cansadoras reuniones con los ejecutivos de la firma matriz en Italia. El sábado su marido la llamó por teléfono. Le dijo que estaba con un problema que tenía que resolver solo, que seguramente le preguntarían por él, que tenía que decirles que estaba ausente y que no le había dejado ninguna dirección. «Parecía querer tranquilizarse a sí mismo, más que calmarme a mí», dijo ella. Le contestó con frialdad, secamente, como si estuviera tratando con un chico caprichoso.

–¿Ausente dónde?

–Ausente –le dijo–. Decí eso.

Ella tuvo la certeza de que él seguía en Buenos Aires.

–Estás por aquí.

–Puede ser –dijo él.

La respuesta era tan irritante que ella, furiosa, se empezó a reír.

–No te puedo explicar ahora, Carmen. Un hecho trivial.

Estaba harta de las excusas de su marido, de sus cambios de humor, de sus maniobras de clase baja.

Imaginó –o quiso creer– que Panizza estaba teniendo una aventura con alguna tilinga veinte años más joven. Una de esas secretarias o traductoras o coperas, infantiles y depravadas, que circulan y levantan pajarones por la *city* en todas las ciudades del mundo.

Al tiempo, junto con el desconcierto, empezó a sentir que tendría que haber sido más buena con él, menos exigente, tal vez menos irónica. Lentamente se dio cuenta de que lo quería y lo extrañaba. No era cierto que lo menospreciaba; se había hecho solo, había llegado de la nada a un lugar destacado.

Panizza era meticuloso y ordenado, no era alguien del que pudiera esperarse una sorpresa. Pero la sorprendió darse cuenta de las pobres huellas que deja un hombre cuando muere o abandona imprevistamente el lugar donde vive. No se había llevado nada, ni su ropa, ni el dinero del banco, ni siquiera los objetos que habían sido siempre sus manías: los prismáticos de su abuelo, la libreta con el número de sus cuentas en el extranjero, la foto de su hijo, el pasaporte.

–Dejó el pasaporte –remarcó la mujer.

Esa noche llamó a la policía. Luego de algunas discretas averiguaciones, el inspector le mostró unas fotos y ella reconoció a su marido de joven. Desde entonces, nadie supo más nada del ingeniero.

De las hipótesis posibles, la verdadera resultó la más sorprendente. Un hombre abandona a su familia, su posición, el dinero que tiene en el banco, y cambia de vida o desaparece. Ella pensó que se había fugado y en un sentido esa presunción era cierta. No había adoptado la identidad de otro, había olvidado su propia identidad.

Podemos imaginarlo quizá disfrazándose, aunque no era fácil porque tenía un leve estrabismo disyuntivo: sus ojos miraban hacia los costados y eso le daba un aire vagamente enfermizo. No debe haber cambiado de profesión, pronosticaban, quizás algún desvío pero no demasiado ajeno a la ingeniería y a la industria.

Un día se revelaron, en parte, las razones del cambio. Panizza había estudiado ingeniería en Santa Fe y alguien había logrado identificarlo, sí, era Panizza, el bizco –el Virola– Panizza. Venía de Tostado, un pueblo del interior de la provincia, donde tenía una novia con la que iba a casarse y que todavía lo debe estar esperando. Lo recordaban como un muchacho alegre. El único rasgo que parecía conservar de aquel tiempo era su facilidad para las matemáticas y su afición por la pesca. También entonces había desaparecido. Dejó la pensión, dijo que iba a Buenos Aires por unos trámites, abandonó todo y no apareció más.

Nadie supo en aquel entonces por qué lo hizo. Dio sus últimas materias, visitó a su novia y luego desapareció. También en ese momento –según la policía– llamó por teléfono y pidió que dijeran que iba a estar ausente un tiempo.

Pero nunca volvió. Muchas veces los estudiantes se comprometen con su novia del pueblo, no pueden romper el compromiso y se fugan.

Apareció como si fuera otro, con un pasado oscuro que nunca quiso aclarar, y rápidamente subió hasta dirigir la Unión Industrial Argentina. Nunca tuvo empresas propias, siempre fue gerente o director de las ramas de investigación. Empezó en Massey Harris y así llegó a la metálica Ferguson y luego fue director general de Aluar.

¿Por qué lo hizo?

II

El comisario Croce había pasado años investigando a los hombres –y a las mujeres– que tienen –«o llevan», pensó– una doble vida. Él mismo, varias veces, se había infiltrado en las bandas de cuatreros y se había comportado durante meses como uno de ellos y había arreado en la noche una tropilla de caballitos de polo y los había vendido en la feria donde se remataba ganado alzado y luego había pasado la noche jugando a la taba con plata robada. Y se había emborrachado con ellos y había ido a los prostíbulos ambulantes que circulaban con sus grandes carromatos por la pampa, llevando a las alegres mujeres de la vida, que fumaban cigarros y se reían entre ellas como si los hombres no existieran. Ellas, esas muchachas, también llevaban una doble vida y eran, o hacían de, vistosas y viciosas chicas –o loras– ligeras de cascos, aunque también en su vida secreta eran mujeres abnegadas, que guardaban en una caja de galletitas la plata que habían ahorrado para mantener a sus hijos, que vivían con nombres cambiados en un carísimo internado religioso.

El comisario había pensado varias veces en esas conductas, hasta en sus últimos detalles, para poder asir el perfil posible de los hombres –y de las mujeres– que llevaban una vida paralela. Aunque a veces pensaba que la identidad usada como coartada –por ejemplo, en su caso, hacer de comisario– era en verdad su vida falsa y que la otra era en realidad más intensa y más verdadera.

Croce sabía adaptarse al disfraz y podía vivir meses como si fuera otro, más libre, porque tenía que seguir la letra del personaje que interpretaba y entonces decía lo que había que decir en cada ocasión como si otro hablara por él. Un hombre taimado y procaz, eso fingía que era él, capaz de matar a quien se opusiera a sus deseos siempre cambiantes y contingentes, un hombre maldito o maldecido, del que se sentía cerca, como si esa versión de sí mismo lo estuviera esperando, junto a él. Pero ¿quién era él? Un policía de provincia y, por lo tanto, una figura tan irreal como la del ladrón cuyo juego él jugaba. Para resolver un crimen, había que ser capaz de pensar con la cabeza del criminal y vivir en él para saber en qué encrucijada del camino podía esperarlo.

III

Convertirse en otro era, entonces, uno de los métodos de deducción del comisario Croce, y lo puso a prueba en 1968 en este caso. Reconstruyó los elementos y los indicios que resultaban de la investigación. Un industrial que formaba parte de la élite económica del país había desaparecido de pronto. El hombre se había perdido en la noche y el comisario fue el único que sospechó que llevaba una doble vida. Entonces siguió ese rastro –esa corazonada– y en la jefatura en La Plata le dieron vía libre; podía usar todos los medios disponibles para descubrir el paradero del sujeto en cuestión.

–Es un caso delicado, con posible implicancia política. Por el momento no hay una causa, la Justicia no está al tanto. Hay que moverse con cautela y mucha discreción –dijo el jefe.

Lo asignaron a la sección Extraviados de la repartición y Croce se dispuso, contento, a actuar en la sombra, camuflado y alerta. El área de trabajo era muy sensible, porque buscaban a personas perdidas. Habitualmente se trataba de ancianos que se perdían, salían a la calle y se olvidaban de quiénes eran. También había chicos que se escapaban de la casa o muchachas que se fugaban con un gavilán. Se publicaban avisos en los diarios y se pegaban carteles con la foto y la descripción de la persona buscada en las oficinas de correos, en las estaciones de tren y en otros lugares concurridos. No se los detenía, solo se los localizaba. Croce decidió seguir un pálpito –como llamaba a su método de inferencia silogística– y disfrazarse de isleño y tantear el terreno, siguiendo el rastro de la tarjeta que había encontrado en la casa de Panizza. Había pasado muchos veranos en la laguna grande cerca del pueblo, para escapar de la rutina y hacer vida filosófica, como decía. Dormía al aire libre y así podía pensar tranquilo, en la noche estrellada, mirando el fuego en un claro del monte. Se llevaba bien con el agua. Varias veces había recorrido en bote la ruta encadenada de las lagunas del sur de la provincia y ahora se disponía a volver a internarse en los caminos abiertos de la naturaleza. Iba a moverse como si fuera un baqueano en el Delta, disimulado, para que no se volara el pajarito.

Vestido con ropa de trabajo muy baqueteada, con botas de goma y sombrero de paja, Croce remontó en bote el río Sarmiento y siguió por el Paraná de las Palmas hasta llegar al Hotel El Tropezón. Amarró el bote en el muelle y cruzó el jardín. Estaba amaneciendo y el lugar parecía cerrado. Un perro negro salió del fondo y empezó a ladrarle.

–Tranquilo, chucho –le dijo Croce, y le palpó el lomo. En ese momento, un individuo que parecía un pigmeo se asomó por la puerta y luego de llamar al perro con un chiflido perentorio se acercó a Croce. Estaba reducido a lo esencial y parecía vivir en otra escala; era tan diminuto y envarado que por un momento el comisario pensó que estaba soñando. Era el Sereno, y Croce le preguntó por su amigo el Bizco, al que andaba buscando por un negocio. El hombrecito, luego de una pausa interminable, le dijo con voz aflautada que le parecía haberlo visto yendo hacia la isla Lucha. Iba a buscar un teléfono para llamar a la capital. El pigmeo era medio marrón, como recién salido del horno, y parecía un dibujo animado porque se movía y hablaba con extrema lentitud. «Como si fuera un muñequito mecánico al que se le está acabando la cuerda», pensó el comisario.

Croce se fue remando por el Paraná de las Palmas y salió al Capitancito, y desembocó en el aguaje del Durazno, y de ahí al arroyo Ciego en una hondonada cerca del grupo de islas que formaban una cadena en el borde del Río de la Plata. En la isla principal estaba el astillero del Francés; era el más importante de la región, y ver el edificio oscuro y los diques con barcos abandonados y cascos a medio calafatear, imponentes bajo el sol, justificaba –sonrió Croce para adentro– su viaje por esa tierra perdida. Fue ahí donde lo encontró.

–¿A Panizza?

—Creo que era él.

Le hablaron del mecánico que desde hacía meses se ocupaba con gran eficacia del mantenimiento de todas las máquinas. Le decían el Preso. Lo habían visto aparecer una tarde, por el río, en una canoa, sofocado y hambriento. Era una chalupa en realidad, uno de esos botes salvavidas de los barcos que navegan por el río, pero los leñadores y los trabajadores, al ver que se llamaba *Solano López,* imaginaron que era el bote del barco que transportaba a los presos desde Asunción por el río Paraná. Pensaron que se había escapado de la cárcel y empezaron a llamarlo así, cuando ya trabajaba como ninguno y vivía encerrado en su barracón. Al principio casi no hablaba, se dedicó a arreglar el bote y en dos días parecía nuevo.

El comisario se hizo llamar el Bagre y dijo que era un nutriero, y se quedó esa tarde a tomar unos mates con los peones y a recoger información.

—Muy buen tornero. No prueba el alcohol ni busca mujeres. Pensamos que era medio evangélico, pero no. Un mozo inteligente, hábil como un mago con las manos, parece leído pero habla poco, y es medio raro. Dijo que venía de Santa Fe y que se conchababa de mecánico y se quedaba donde hubiera trabajo, siempre cerca del río.

—Para poder escabullirse —dijo un viejo con cara de zorro.

—Se va unos días pero siempre vuelve —dijo uno de los peones, un paraguayo con la cara picada de viruela.

—Lo voy a esperar —dijo Croce—, le traje una plata que le debía.

Las grandes máquinas en medio del monte y al costado del río le daban al astillero un aspecto fantasmal. Los peones se dispersaron y él siguió en el claro, a la sombra, solo, sentado sobre un banco. Era la hora de la siesta y estaba aturdido por el calor. Se adormeció y lo despertó un grito que llegó de la orilla del río.

—Ahí llega el Preso.

El comisario escuchó primero un ruido que venía del monte, una rama rota y pisada en el barro, y después le pareció escuchar una música a lo lejos y también la sirena apagada de un buque, y entonces vio aparecer al hombre entre los matorrales. Alto y rubio, con el pelo color ceniza hasta los hombros, venía hacia él, descalzo y con el pecho desnudo, vestido con un pantalón blanco y gorra de marinero. No dijo nada y no saludó, se sentó en un tronco y miró a Croce con indiferencia. Sacó una bolsita de tabaco y armó un cigarrillo usando solo la mano izquierda, con la habilidad y la rapidez de un ilusionista que hace trucos moviendo los dedos con delicada elegancia. Tenía las manos sucias de grasa, y no solo era bizco, sino que cada ojo era de un color distinto. Había visto varias fotos del prófugo y lo reconoció a primera vista.

—¿Se acuerda de mí? —mintió Croce, tanteándolo—. Usted es Panizza.

Con gran placidez le respondió, muy sereno, como quien atestigua bajo juramento:

—Puede ser.

Después le pareció escuchar que decía en un murmullo leve: «Pensar, pensar, no hay que pensar. Si no destruimos el pensamiento, el pensamiento nos destruye», pero cuando se inclinó hacia él y le preguntó qué había dicho solo dijo:

—No confirmo ni desmiento.

La mirada estrábica, las manos como pertenecientes a otro cuerpo, agrandadas por el trabajo manual, encallecidas en algunos lugares, suaves y blancas en otros. Panizza se las miró como si fueran objetos extraños.

—Me acuerdo —dijo— de los obreros de la Comuna que

detenían en París, les tocaban las manos y así los identificaban antes de fusilarlos.

Fumó, abstraído. El sol brillaba en lo alto y la claridad era un fuego.

–La Comuna, sí –dijo Panizza–, los insurrectos disparaban contra los relojes de la ciudad, todos los relojes de París quedaron inmóviles... No se puede mantener esa luz prendida –dijo de pronto–. Los botes chocan contra el muelle.

Había logrado tirar un cable por tierra hasta el borde del murallón y ahí había puesto un farol. Se levantó y fue a arreglar el cable. Cuando volvió, se sentó otra vez.

–La organización del tiempo, y no el invento de la máquina de vapor, es la clave del capitalismo –dijo sosegado.

Conversaron un rato sobre los beneficios de vivir cerca del río y sobre el porvenir de las islas y sobre maquinarias y barcos. Pensaba que si hacían diques en la desembocadura del Paraná se podría mejorar el tráfico e impedir las inundaciones. Describió en detalle, haciendo dibujos en la tierra con un palito; siguió un rato más describiendo la clase de diques y el tipo de motor necesario, y se perdió en unas divagaciones electromecánicas. Luego se quedó callado y con una navajita de bolsillo empezó a tallar las ruedas dentadas de un engranaje hipotético. Abstraído, parecía estar ausente. Entonces Croce lo encaró.

–Mire, ingeniero, no hay orden de captura sobre usted, solo hay preocupación en su familia y entre sus colegas. Soy el comisario Croce, de la sección Extraviados de la Federal, me gustaría llevarlo de vuelta a la capital.

Panizza sonrió y negó resignado, moviendo la cabeza.

–No afirmo ni desmiento. Soy y no soy. –Y se levantó–. No creo que haya orden de captura. No hay delito si un hombre se cansa y quiere vivir tranquilo, lejos de todo.

¿Quién se lo puede impedir? Vuelvo en unos días, voy hacia la isla Nutria –dijo, y empezó a alejarse.

Tenía razón, no había venido a detenerlo, sino a buscar una explicación que tranquilizara a la mujer y a su hijo, y poder así cerrar el caso. Por eso Croce, para usar una metáfora acorde con la región, tiró la línea, dejó las boyitas rojas flotando en el río, como si quisiera pescar al fugitivo, y se fue. Se instaló en El Tropezón, pasaba largas horas charlando con el hombrecito al que todos llamaban el Sereno y también don Eliseo. Era paraguayo, tenía el pelo teñido y hablaba en un lenguaje incomprensible donde se mezclaba el guaraní con el castellano. Conocía como nadie la región.

Una semana después, cuando Croce volvió a la isla Lucha, Panizza ya no estaba ahí. Prefirió irse. Se metió en el monte y salió por los bajos del otro lado del astillero, en una zona de pantanos donde el río se achicaba entre los camalotes bravos, y enfiló para el lado de Tres Pozos. Iba en bote por el Alto Paraná hacia el norte.

Había dejado todo, ni siquiera cobró la quincena. En lo hondo de la isla, en el monte, en un claro, a unos cien metros del muelle, se extendía el barracón de las herramientas, donde él había instalado su covacha, en un cuarto que terminaba en un paredón ciego horadado por una ventana con rejas. Un tejido de cuerdas en la entrada formaba una red que parecía una defensa. Los muros que se extendían a cada lado carecían de ventanas. Por eso también lo llamaban como lo llamaban, el Preso, aunque el Francés le decía don Diego y lo trataba con respeto. Ahí vivía, en un jergón, con unos cajones esqueléticos para guardar sus propiedades.

IV

–Se voló no bien lo vio aparecer a usted, comisario –dijo el Francés. Y se quedó un momento abstraído con aire de tristeza en la cara–. Le aseguro que ese hombre impasible y escéptico que se alejaba remando encorvado hacia lo más oscuro de la selva era grandioso en su idea fija y su tranquilo desprecio de cualquier convención, o posesión o identidad, que no se sometiera a su férrea, invicta e inexplicable voluntad de huir.

Estaban en una oficina que parecía el camarote de un barco, con ventanucos circulares que daban al río; así conversaban Croce y el Francés, tomando ginebra mientras caía la noche. El Francés también tenía una historia como tantos otros que se pierden en la orilla de los grandes ríos, seguros de que la correntada los llevará lejos cuando haga falta. Se había negado a pelear en Argelia y era un desertor del ejército francés, con captura internacional, se había escondido en el Delta, cerca de la frontera con Paraguay y a un paso de Colonia, del otro lado, en la Banda Oriental. Había montado el astillero con plata de su familia y con la experiencia que le había dado el haber nacido en Saint-Nazaire, en un enclave marítimo sobre el océano Atlántico.

–Hay hechos que no tienen explicación, o que tienen una explicación tan evidente que no vale la pena anunciarla –prosiguió el Francés–. Yo lo quería a ese hombre, tan educado y tan hábil. Se refugió aquí, lejos de todo, y nos hicimos amigos, si podemos llamar amistad al trato con una persona tan solitaria y tan desesperada.

Mirando al río, el Francés fue reconstruyendo la historia para Croce y también para sí mismo. Panizza se la había contado como si quisiera que alguien conociera la verdad de su vida. «El escéptico más escéptico que he visto nunca», dijo. A medida que el Francés le contaba la historia, Croce se sentía más desorientado. Panizza era un topo, un agente encubierto, un espía infiltrado en los círculos de las finanzas y de la industria. Era un militante revolucionario haciendo trabajo sucio y obteniendo información en las altas esferas del empresariado argentino. Lo habían reclutado en Santa Fe cuando estaba terminando la carrera, activaba en el movimiento universitario y era un hombre de izquierda. Vieron algo en él y lo convencieron de la importancia de ser una pieza secreta en el ajedrez político de la Guerra Fría. Lo mandaron a Moscú, donde paso un año adiestrándose como cuadro clandestino de la Internacional Comunista. Volvió a la Argentina y empezó su doble vida. Se había casado con una mujer a la que necesitaba como coartada. No la quería, y tampoco soportaba los ambientes en los que se movía. Había vivido una vida falsa, con amigos que no le importaban y representando el papel de un miembro de la clase dominante, con sus prejuicios, su forma de hablar, sus diversiones y sus contactos. Una vez cada tanto viajaba a Uruguay, y en un departamento alquilado con nombre falso, en Piriápolis, se reunía con un camarada del partido, con el que por fin podía hablar y decir lo que pensaba. Le pasaba información y escuchaba los informes del Partido Comunista sobre la situación política. El resto del tiempo tenía que decir lo que no pensaba, hacer de cuenta que era un canalla, un hombre ambicioso dispuesto a todo. Entonces, cuando se desató la polémica entre los rusos y los chinos, su mundo se vino abajo. Los maoístas demostraban que la Unión Soviética era un país imperialista, que había traicionado todas las banderas por las que Panizza había dado su vida. Era un leninista obligado –en defensa de la causa del socialismo y la revolución– a vivir como un burgués. Cuando comprendió que las razones de su vida habían sido traicionadas por los dirigentes en los que confiaba, se vino abajo y escapó, dejando atrás su vida acomodada y ficticia.

–No tenía otra opción –dijo el Francés–, se escondió de sí mismo, la sensación de haber vivido equivocado no le dejó salida.

–Se convirtió en un fugitivo –dijo Croce–, escapaba de los días inútiles.

–No tenía adónde ir y ya no pudo vivir en la superficie.

–Buscó el agua –dijo Croce–, buscó la fluidez y escapó de la tierra y de los hombres.

–No podía soportar el recuerdo.

–Trataba de no pensar –dijo Croce.

–Remontó el Paraná, busca llegar a Corrientes.

–El impenetrable –dijo Croce, y se quedó pensando. Entonces el Francés desplegó un mapa y los dos imaginaron el itinerario del prófugo. Había entrado por el río Bermejo hacia el norte, se metió en el monte, enfiló para el lado de El Sauzalito, un paraje que está sobre el margen chaqueño del río Teuco, tributario del Bermejo.

–En realidad son poblados o ranchadas que siempre han sido afectados por grandes inundaciones, es zona de pueblos nativos donde conviven los «hombres de frontera» –dijo el Francés.

–El Impenetrable en su vastedad comprende todo el norte chaqueño hasta tocar el margen del Bermejo.

–En ese desierto verde se extraviaban los pilotos de pequeñas aeronaves, desorientados por la falta de referencias visuales.

–Así que ¿cómo encontrar a alguien refugiado en su interior? ¿Cómo y para qué buscarlo en esa inmensidad?

–Lo veo –dijo el Francés– armando una guarida en el corazón de la tierra de nadie.

–No quiso matarse –dijo Croce–, porque eso hubiera sido admitir que su derrota era definitiva.

–¿Le quedaba alguna esperanza? –preguntó el Francés.

–Ninguna –dijo Croce–, ni la más mínima ilusión.

–Estaba hundido –dijo el Francés.

–Para sí mismo –dijo Croce–. Un hombre que detesta su pasado.

–Tiene memoria –dijo el Francés.

–Pero está destruida –dijo Croce–. He conocido hombres cuyos recuerdos eran insoportables, pero siempre tenían en un rincón algunos hechos que les permitían sobrevivir.

–Pero él no –dijo el Francés–, no había en su vida un acontecimiento del que pudiera sentirse orgulloso.

Siguieron imaginando los días y las noches del hombre más desesperado que habían conocido.

–Vivía las derrotas políticas de la clase obrera como parte de su biografía personal.

–Un hombre histórico –dijo el Francés.

–La historia lo ha traicionado –dijo Croce–. Vivió en carne propia la catástrofe del socialismo. No le quedó nada.

–Nada de nada.

–Solo el agua.

–Los ríos, las islas perdidas.

Croce volvió remando a la civilización. No terminaba de entender las razones de la historia, esa cuestión de chinos y soviéticos no entraba en su cabeza peronista. Lo excedía, pero sin embargo comprendía bien al hombre, al ingeniero que había vivido una existencia equivocada. No soy el que soy, decía, pensó el comisario. No niego ni afirmo, decía. Oh, Panizza, oh, la vida traicionada.

7. LA SEÑORA X

Un sobre se deslizó bajo la puerta del despacho de Croce, el comisario salió a lo oscuro con una linterna pero no vio a nadie. El Cuzco no había ladrado, ¿era alguien conocido? La comisaría estaba en un descampado. Tampoco había oído el motor de un auto. ¿Quién podría ser? El sobre decía «De parte de la Señora X». A veces le dejaban en el buzón denuncias anónimas, litigios entre vecinos, quejas, reivindicaciones territoriales. La hacienda de Sosa había entrado a pastorear en los campos del vasco Usandivaras, el perro de González estaba cebado y había atacado al ternerito guacho de doña Francisca. Pero esto era distinto, antes de leer la carta anduvo con la linterna buscando rastros en la galería. Vio o creyó ver la huella de un taco de mujer en el barro que había formado el desagüe de la canaleta en el patio. Volvió a la casa y se sentó en el escritorio a leer la carta. Estaba escrita a máquina, eran seis hojas a un solo espacio. Puso las páginas bajo la luz de la lámpara y empezó a leer.

En la ciudad de Mar del Plata, provincia de Buenos Aires, quien suscribe la presente se dio un baño con agua tibia; se puso un vestido amarillo al tono exacto de los cascos de los obreros (ahora se da cuenta de dónde salió esa moda). *Caminó lentamente hacia el casino, pasó por delante sin verlo, volvió sobre sus pasos, miró las revistas y los diarios sin saber qué decían, cruzó al bar de enfrente y se sentó en un taburete. Poca gente, oh, felicidad. Tomó un whisky en paz mirando hacia la calle.*

La mujer del vestido amarillo experimentaba un sentimiento semejante al ser que huye de un país en guerra, cruza la frontera y encuentra un lugar pacífico y confortable. Sacó papel y lápiz, hizo cuentas y decidió que perder quince mil pesos no modificaba para nada su vida. Separó una plata de otra y esperó un poco más. Sabía que ahí dentro todo se justificaría después, terminaría como otras veces, envuelta en los colores de las fichas, olvidando la separación de la plata y pidiendo prestado para fumar al día siguiente. ¿Los años la convertirían en una mujer sensata? De ninguna manera. Los años habían hecho que se conociera un poco más a sí misma, según lo que los viejos griegos inculcaban a sus gráciles discípulos. ¿Lo lograrían esos jóvenes?

La mujer dudó y consideró que no, que no lo lograría en la medida pretendida por sus mayores, aristocráticos crápulas que se ubicaban en las fotos de la historia con un vaso de cicuta alcanzado por atemorizados esclavos.

Pero estábamos en la insensatez de una mujer y nos trasladamos a la polis. Nos olvidamos de los derechos del lector, estamos gambeteando lo que pasó esa noche. Debe ser lo que dice mi amigo: «Oigo la música y no puedo escribirla.»

La cuestión es que, por conocerse más a sí misma, entró en la sala de juego cuando faltaba exactamente una hora para que el juego terminara.

(Necesito contarlo, aunque usted esté harto de recibir mensajes misteriosos, esa es también la función de un comisario, recibir confesiones de desconocidos. Nunca he sentido una necesidad tan grande de contar algo; no trato de hacer buena letra, esto sale como sale, no hay borrador ni correcciones ni rompecabezas, y no sé para qué se lo digo porque ya se habrá dado cuenta, sé que al contarlo van a aparecer cosas que no veía claramente.) *La señora empezó más o menos; pensó que, como siempre, su fidelidad a la segunda docena tendría que reventarla, por lógica. Cornificó a sus doce amantes con el cero y el tres al norte y con el treinta y el treinta y tres al sur. Los bolsillos del vestido amarillo se llenaban de fichas y el número diecisiete retribuía la fidelidad incondicional de años y años, y parecía atraer con su fuerza al hermoso y redondo veinte.* (Doy vueltas como la misma ruleta, eludiendo la historia que necesito contarle.) *Entonces, siendo las tres y veinte de la madrugada, faltando diez minutos para el último pase, me retiré de la mesa y me acerqué al bar. Saqué las fichas por comodidad, y no por alarde, y las fui apilando. Pedí un whisky para justificar la parada y también porque me gusta. Un gordo negruzco, a mi lado, me aconsejó que no hiciera allí esa ostentación. Vaya ostentación. Había ganado doce mil. El gordo no sabía que a los diecisiete años entraba en ese mismo casino con la cara pintarrajeada, un tapado negro y una panza de embarazada que era un pulóver con un nudo a la altura del ombligo. Estaba como en mi casa, gordo.*

Ya es de día, será posible, nunca podré contarle mi historia. No sé si mañana podré, hoy digo, viernes 30, terminan las clases de los chicos. Pero no por eso. No conozco a nadie a quien le haya pasado algo semejante.

Son las seis y cuarto, recorro la casa y la desaparición del individuo que vive conmigo da a las cosas una luminosidad distinta. En una de esas, mañana arreglo el jardín y hasta planto unas flores. Estoy como el tipo que cruzó la frontera y encontró la paz.

El gordo miraba mis movimientos, las fichas. «Escúcheme»,
le dije, por decir algo, «vine al casino con quince y gané doce,
¿qué haría usted? ¿Se retiraría?»
El gordo miró al tipo que lo acompañaba antes de contes-
tarme. Su movimiento como pidiendo permiso, diciendo la
dama me habla y tengo que contestarle, reveló en un instante
una relación sentimental. Una ojeada fugaz a la calidad de las
vestimentas reveló que el gordo era el bufarrón mantenido por
el flaco. Delicado, como recién salido de un baño sauna, no se
dignó mirarnos. El gordo dijo: «¿Usted vino al casino a ganar
o a jugar?» Yo dije que a jugar, y mi contestación lo desorientó
porque tenía la respuesta preparada para la otra posibilidad.
Mientras el gordo se ordenaba, los imaginé en una cama de dos
plazas, la relación venía de lejos, ella usaría ruleros y crema en
la cara y él leería el diario, harían el amor sin palabras. (No
hay caso, me desvío de lo que tengo que contar.)

La historia (vista un viernes 30 de noviembre a las diez y
algo de la noche, contada como el demonio, pero si no la olvido).
El gong salvó a la señora, quien quedó con nueve o diez palos
de ganancia. Cambió las fichas, hizo pis y se introdujo en la
noche marplatense. Llegó hasta la avenida Colón y allí dobló
hacia la izquierda, hacia el mar. La noche era muy linda,
posiblemente porque no la habían secado, menos plata para
gobiernos de facto. Tenía que caminar unas seis o siete cuadras
en el sentido de los autos. Oyó que uno se acercaba lentamente.
Eran reptiles en esos casos. Habrían hecho lavar el auto por la
mañana, estarían perfumados a la lavanda y se habrían des-
pedido amorosamente de su mujercita y de sus hijitos. Dependía
de la edad. Era el vestido quemativo, imposible desaparecer
entre las sombras. En otros tiempos, tenía dos frases preparadas.
También según la edad del seductor. Al péndex: «Pero, por favor,
si podría ser tu madre.» Al madurito: «Quiero estar sola, tengo
sífilis.»

98

Cruzó Colón y se introdujo en una calle lateral; desde allí buscó la de contramano a los autos, o Brown o Falucho, una de esas, y siguió caminando. Los tiempos habían cambiado para todos o ella estaba envejeciendo (nada de retórica). En otras épocas los tipos bajaban del auto y trataban de convencerla pacientemente, cuadra por cuadra.

La mujer se pasó de cuadra, ya tendría que haber doblado a la izquierda. Dobló. Ya no recuerda ni nunca recordará si quedaban dos cuadras o una para la famosa Colón. A partir de allí, calculaba, le quedaba una cuadra y media hasta su casa. Pero no llegó a Colón de noche. Llegó bastante después del amanecer.

No puedo precisar si el tipo me seguía o si apareció de repente. Me sentí agarrada del brazo izquierdo, arriba del codo, y la fuerza de esa mano era brutal. Acá viene lo difícil.

«Quedate quieta. Si gritás te mato.» Inmovilidad total, no me animaba a mirarle la cara, no me animé durante largo tiempo a mirarle la cara. «Vení conmigo.»

El tipo me dirigía sin aflojar la presión de la mano. Yo iba adelante. Recuerdo una escalera de cemento, amplia, una especie de patio enorme de tierra y arriba una casa a medio construir. Al fondo de ese patio, una pieza de madera, precaria. La puerta estaba cerrada y salía un poco de luz de adentro. Serían albañiles o serenos de esa obra. Recuerdo que al rato le dije: «Por favor, no me pegues, es lo único que te pido.» «¿Así que no te gusta que te peguen? No te preocupes, no te vamos a pegar. Te vamos a coger.» Creo que dijo «garchar».

Gritó: «¡Cholo, salí que traje la mina!»

Mientras el Cholo se preparaba para salir, el tipo me preguntó si prefería los tres juntos, en la misma cama. No contesté y él dijo: «Mejor de a uno. Vos y yo nos encontramos a la tarde; después fuimos a una confitería. Si me vendés adelante del Cholo te mato.»

El Cholo salió vestido, pasó casi de espaldas cerca de nosotros, sin mirarnos, y caminó hacia la calle. El tipo me metió en la pieza y desde allí le gritó al Cholo que se quedara cerca, que enseguida terminaba y entraba él. Algo en la manera de caminar del Cholo me tranquilizó. Era flaco, de hombros vencidos, y la oscuridad no permitió que le viese la cara.

Argumentos ensayados: el otro era morocho, achinado, más alto que yo, parecía tener una fuerza de bestia.

«Vos sos de alguna provincia», le dije. «Qué provincia ni qué mierda, vivo cerca de la capital. Desvestite.»

El piso era de tierra. Del techo colgaba una luz que el tipo prendía y apagaba con solo tocarla cuando se le daba la gana. Se acercó. «Si no te desvestís te pego hasta reventarte. Sacate las botas.» Hablaba despacio. Me apoyé en el borde de la cama y me saqué las botas. Me levanté.

«Duermen en una sola cama», le dije. «Vos te creés que somos putos. Nada de putos tenemos.» Gritó: «Qué gambas que tenés, yegua, vamos a coger mejor que ayer» (más o menos textual). Me dijo despacio: «Sacate el vestido o te reviento.»

¿Por qué gritaba algunas cosas? ¿Por qué decía despacio otras?

Me saqué el vestido debajo de esa luz horrorosa. Tenía ganas de llorar pero no me animé. El tipo se desvistió, pero no se acercó. Se sentó en el borde de la cama y me miraba. No recuerdo si estaba totalmente desnudo porque no lo miré. Me dijo despacio que me sacara lo que me quedaba de ropa. Me saqué el corpiño. El tipo empezó a gritar: «Qué hembra que sos, cómo coges», y movía la cama. Saltaba solo sobre la cama y los elásticos hacían ruido y yo seguía más o menos de espaldas, desnuda sobre un piso de tierra. Me gritó: «Te la voy a dar por atrás» y en ese momento grité yo y el tipo me dio un sopapo. Se paró atrás mío, sin tocarme, y le dije que si hacía eso me mataba, me desangraba, que estaba operada y todo lo que se me ocurrió. Me contestó que le importaba un carajo y que me enterraba en el fondo y quedaba para siempre abajo de ese edificio. «Construcción», dijo. Por un pedacito de ventana vi que amanecía.

«Escuchame, tengo dos hijas, está amaneciendo, se van a despertar y no me van a encontrar.»

Creí que allí me mataba.

«Mi vieja se las tomó cuando yo tenía cuatro años. Son todas unas yeguas. Les hago un favor a tus hijas si te mato.» Todo esto despacio, se acercaba. Gritó: «Te la meto por atrás.»

Me agarró de la cintura, yo de espaldas a él, se pegó un segundo a mi cuerpo y recién en ese momento me di cuenta de que era impotente.

Siguió gritando como si fuera muy feliz, como si acabara, abrió la puerta y lo llamó al Cholo. Empecé a vestirme, me faltaban las botas cuando entró el Cholo. El tipo se puso los pantalones y le dijo al Cholo: «Me eché cuatro polvos. Mañana que es domingo me mando siete. Con esta o con otra. Minas no faltan.»

Miré al Cholo y sus ojos me tranquilizaron un poco. El Cholo prendió el calentador y preparó mate. Los dos me bloqueaban la salida. Pero el tipo se tiró en la cama (recién en ese momento me di cuenta de que la había desordenado adrede, totalmente).

Desde la cama me ordenó: «Tomá mate.»

El Cholo estaba agachado, a la altura del calentador. Me agaché y le dije muy despacio: «Por favor te lo pido, sacame de acá.»

El tipo me gritó desde la cama: «Para qué mierda te vestiste. Ahora te coge el Cholo solo. Yo estoy cansado de tanto coger. Cabemos los tres en la cama.»

El Cholo tomó dos mates. Yo rechacé el mío con un gesto. Tenía ganas de vomitar, todo era una enorme pesadilla, inter-

minable, serían las seis de la mañana. «¿Y, Cholo?», gritó el impotente.

Me temblaron las rodillas, chocaban una con otra igual que tiempo atrás, después de un choque seguido por un cuasi vuelco, un auto fuera de control y yo agarrando a las nenas y repitiendo dentro de ese torbellino «tranquila, tranquila, no toques el freno», pero cuando salí del auto agarré a esas chicas y las rodillas chocaban y chocaban una contra otra. Después de un rato me tiré sobre el pasto, panza abajo, y sin que nadie me viera lloré sobre la tierra.

«Ahora no, estoy muy cansado», dijo el Cholo.

«Mejor», dijo el impotente. «Esta hembra te liquida. Hoy estuvimos en una confitería. Después paseamos. Mucho trabajo en la obra a la mañana. No vas a llegar ni a uno.»

Largó la carcajada, se acomodó para dormir. «Decile que se vaya», dijo.

«La acompaño hasta la vereda», dijo el Cholo.

En realidad me acompañó hasta la calle Colón y dobló un poco. Me dijo que era mendocino. Me dijo que oyó que yo había gritado una vez. Me dijo que no me convenía ir a confiterías con tipos a quienes no conocía mucho. Nunca sabré si el Cholo sabía que su amigo era impotente. En una de esas los dos eran impotentes. O al Cholo le gustaban los tipos. Había sido un buen hombre para mí esa noche y era lo único que me importaba.

Finaliza el pésimo relato de un hecho en la ciudad feliz. Le debo la consulta como comisario, pero no sé si me voy a animar o es mejor así. Digamos que usted no me conoce y yo a usted sí, Croce.

Croce trató de reconstruir los hechos, la mujer salió del casino, fue hasta la avenida Colón. Ya que la seguían los autos, dobló por Entre Ríos, se movió a contramano, siguió por Almirante Brown, dobló en Santa Fe y caminó hasta Alberti. Ahí Croce trazó un círculo sobre el mapa con un compás. Esa era la zona, pensó, y dedujo que la X del apellido era una señal. Ella no recordaba con exactitud el camino porque él la llevaba del codo. Entonces Croce trazó una equis, se cuidó de que los vértices de la cruz fueran equidistantes, y al mirar el dibujo concluyó que la obra en construcción estaba en la esquina de Santa Fe y Alberti.

La carta era del viernes. A Croce le llevó todo el día armar el itinerario, así que el sábado a la noche, es decir, en la madrugada del domingo, salió con su coche para Mar del Plata. Fue a la ruta y manejó pensando en la dama del vestido amarillo, igual al casco de los obreros, como si esa comparación anticipara lo que vendría. Una suerte de oráculo, se dijo. Enseguida recordó los casos de agresiones sexuales que había enfrentado y resuelto. Estaban los exhibicionistas, como el cura de Rauch que confesaba a las chicas con la verga afuera. «Yo soy el demonio», decía el sacerdote sacrílego. Lo detuvo sin problema porque el cura estaba chiflado. Oía voces que lo obligaban a realizar actos abyectos para poner a prueba a las feligresas. «No puedo resistir», le dijo el curita cuando Croce lo detuvo. Nadie lo veía en el confesionario, pero le agradaba la idea de oír las confesiones femeninas con su órgano sexual al desnudo. Una mañana salió con la sotana arremangada y el sexo al aire, y así fue como lo descubrieron y exoneraron. Después estaban los campesinos violadores. Chacareros más brutos que un arado que cortejaban en silencio a una mujer sin que ella se enterara y, como si fueran ellas las incitadoras, hacían citas imaginarias que terminaban mal. Las atacaban de pronto y las violaban en el campo. Había detenido a hombres casados o solteros de diecisiete años o de cuarenta, y todos decían que la mujer los había citado en el camino que llevaba a la laguna o en el bosque o en su casa cuando estaban solas. Eran categorías complementarias. Estaban los que oían voces y los que no podían hablar, en los dos casos maquinaban en secreto sus acciones y las mujeres, vistas de refilón o espiadas durante días, eran el fuego en el que ardían sus mentes afiebradas. Pero este asunto era distinto y más peligroso. Los impotentes que no alcanzaban nunca a realizar sus fantasías eran los que mataban a las mujeres. No podían decir nunca nada y vivían encerrados en el lenguaje, atados a un doble uso de la palabra, lo que el secuestrador le decía en voz baja a la mujer del vestido amarillo y lo que le gritaba a su compañero el Cholo. En esa bifurcación anidaba el crimen. Estos eran los asesinos seriales que hacían decir a los cadáveres lo que no podían formular verbalmente. Masacraban los cuerpos que no podían poseer, eran violadores mentales, concluyó Croce.

Ya estaba en la rotonda de acceso a Mar del Plata. Tenía que actuar rápido. Salió a la avenida Colón y urdió un plan, una maniobra para poder detenerlos. Dio algunas vueltas por las calles y encontró la obra a medio hacer. Todo estaba tranquilo en el barrio. Había grandes casonas señoriales, un colegio privado, un almacén y los terrenos baldíos. El aire fresco y salado que venía del mar lo despejó. En un costado se levantaba el esqueleto de un edificio sin terminar. Croce estacionó el auto y fue caminando hasta el lugar. Vio a un costado la casilla de madera que la Señora X había descripto en la carta. Se acercó y sacó el arma. Una luz se filtraba a ras del piso y se oían voces. Pateó la puerta y entró.

«Policía», dijo.

Había tres hombres jugando a las barajas. Juegan al monte criollo, pensó, mientras los sospechosos, sorprendidos, levantaban las manos. «¿Quién es Cholo?», preguntó Croce.

Un hombre enjuto, de ojos saltones, movió la cabeza. «Nombre y edad», dijo Croce. «Juan Carlos Maidana, treinta y dos.»

Croce identificó a los otros dos. Sebastián Zacarías, cincuenta, era el sereno, y Roberto Salas, veintinueve, era el sospechoso. «Miren, muchachos, están en apuros. La mujer del vestido amarillo denunció que estuvo el jueves a la noche acá y que alguno de ustedes le robó un reloj Cartier de oro. Devuélvanlo o están jodidos.» Los tres negaron con vigorosa convicción (con la certidumbre que da la verdad). Negaron ser los autores del robo. Croce no quiso oír justificaciones y se llevó detenidos al Cholo y al presunto violador. Al sereno lo dejó para que se quedara a cargo de la obra. «No te vayas a rajar», dijo Croce, «sos testigo declarante», inventó el comisario. «No te muevas de acá.» Esposó al Cholo y al otro, los subió al auto y los dejó en la jefatura policial de Mar del Plata, sita en la calle Independencia, recordó más tarde Croce usando la jerga de los informes policiales. «Estos son una bandita de descuidistas. Encontraron a una mina y le afanaron un reloj carísimo», dijo Croce ante el escribiente que tecleaba en una vieja Underwood. «Los voy a trasladar a La Plata, están demorados por averiguación de antecedentes y hurto calificado», concluyó, y se volvió al pueblo.

Los iba a mantener distraídos con el robo y los iba a sorprender con el cargo de secuestro y violación. No iban a poder armar una coartada en los días que estuvieran demorados en el calabozo de la jefatura, les iba a caer de sorpresa con el delito agravado. ¿Reconocería Salas que era impotente para eludir la acusación de ataque sexual? No lo creo, pensó Croce. Había montado la escenita para convencer (o seducir) a su amigo el Cholo, para él había armado la trama. Llevar a una mina, mover un poco la cama y dar unos gritos y gemidos para que su amigo creyera que era un hombre viril. ¿Serían invertidos? Técnicamente, era necesario que la mujer lo reconociera para acusarlo de violación y meterlo en cafúa, pensó Croce, al que cada tanto le caían términos antiguos y en desuso. La gayola, pensó ahora, y canturreó el tango: «He pasado largos años en la sórdida gayola.»

Estaba en su despacho dando vueltas por el cuarto y tomando mate. De golpe se le ocurrió que la solución era poner un aviso en *El Pregón,* diario local. Debía insinuar que se trataba de una violación pero sin decirlo directamente. Se le ocurrió el término «escarnio». *Al salir del casino, una dama de nuestra población sufrió un escarnio. Urge su presencia para identificar al vil sujeto del atropello.* Van a pensar que fue un choque, y cambió «atropello» por «abuso».

Señora X, se necesita su colaboración para que se haga justicia. Presentarse en la comisaría de 10 a 22. Se garantiza confidencialidad. Croce se sentó a esperar y hacia las dos de la tarde se presentó una joven alta y delgada, con mirada esquiva. Se llamaba Xenequis y pertenecía a la pequeña comunidad griega del pueblo. Su familia tenía un negocio de venta de tabaco. La chica dijo que había sido abordada por un desconocido en la noche pero no dio más detalles. Cuando Croce indagó, resultó que la joven había estado en el casino de Necochea y su versión era fantasiosa y equívoca. Desanimado, Croce se dispuso a esperar sin esperanza, pero a las nueve de la noche la mujer del vestido amarillo golpeó la puerta de su despacho.

Era bella y era despectiva, y trató a Croce como si lo conociera íntimamente, aunque él no recordaba haberla visto. Se instaló rápidamente entre ellos una corriente de confianza y simpatía.

—Todo pasó como le dije en la carta. No tengo más que agregar.

–Escuche –dijo Croce–, no salga a la madrugada con su vestido amarillo.

–Por favor, comisario, no sea ridículo –repuso la Señora X–. A lo mejor me gusta correr riesgos. Así se despidieron.

Al final, Croce dedujo que la Señora X era una mujer viuda de un abogado del pueblo de apellido Ortega. Tenía dos hijas y pasaba algunos fines de semana en Mar del Plata jugando en el casino. Era linda, activa, vivía de sus rentas. Tomaba mucho. Una dipsómana, había diagnosticado el farmacéutico del pueblo cuando Croce hizo unas averiguaciones muy discretas. Tenía un departamento en la avenida Colón y ahí iba en sus escapadas. Dejaba a las hijas con una niñera de extrema confianza, la señorita Flora, a quien la señora llamaba la Institutriz.

Estaba dispuesta a viajar a Mar del Plata para identificar al canalla que la había escarnecido. Estaba furiosa, resentida. Croce arregló ese asunto, rápido. Su asistente Medina la iba a acompañar y así fue. La mujer identificó a su agresor y el hombre fue condenado por violación. Lo divertido fue que aceptó que la había violado y no reconoció que era impotente, cosa que hubiera aliviado su pena. La dama y él mintieron, pero por razones distintas. Ella para vengarse y él para sostener la comedia de su hombría. «La mentira a veces es un camino para que triunfe la ley», concluyó sarcástico Croce. Todos los casos le dejaban una moraleja. Salió al patio, la noche era fresca, brillaba la luna llena. El Cuzco se le arrimó moviendo la cola y Croce le palmeó el lomo. «He pasado largos años en la sórdida gayola», volvió a canturrear Croce. Le gustaba ese tango. Es perfecto para un comisario, engayolado, pensó, como el pobre Cristo que había llevado a una mujer a la catrera para hacer la parada de que era un varoncito. La parada, se dijo, era la palabra apropiada para la ocasión.

8. LA PROMESA

Croce enfrentó una gran conmoción en la provincia de Buenos Aires. Enfrentar es un decir, en realidad se infiltró entre las masas de creyentes que invadieron las zonas sagradas de la región. Lo primero que percibió fue una serie de metáforas que trataban de expresar lo inexpresable. *Los ríos del espíritu se habían desbordado, era la inundación benéfica y feliz, una marea, un manantial, una bendición, era un torrente.* Comprendió que no se las veía con un enigma ni con un problema típico que se pudiera resolver con una simple investigación policial. Era un misterio, es decir, había un punto oscuro en el que estaba en juego la fe, por eso abundaban las alegorías. *Ella viene a nosotros, ya no debemos peregrinar hacia la doncella.* Los poderes terrenales se habían hincado ante la Señora, los doce apóstoles la custodiaban, ¿qué estaba sucediendo?

Primero el comisario había notado un gran desplazamiento de población hacia los montes que bordeaban la laguna. «Vamos, vamos», decían los paisanos. Croce estaba ocupado en sus asuntos y no se preocupó. Los campesinos eran muy asustadizos y siempre estaban huyendo en manada. Siguió en lo suyo (¿qué era lo suyo?, no lo sabía), pero lo llamaron de la jefatura y ahí se enteró: una banda de doce paisanos supersticiosos, organizados alrededor de un curandero que se decía enviado por el Padre Eterno a la provincia de Buenos Aires, había robado la Virgen de Luján para instalar un santuario y recibir las donaciones.

Grandes grupos de creyentes habían cercado a la Virgen. Enfermos que buscaban curación se alineaban en filas de un kilómetro, esperando turno para llegar hasta ella. El Tata Dios (¿así llamaban al curandero?) les cobraba diez pesos para acceder a la Virgencita, aparte de las donaciones voluntarias y los exvotos que dejaban los feligreses, los hacía esperar horas y acercarse de rodillas.

Primero Croce se mezcló con la multitud. Era una escena dantesca, los sufrientes de la provincia se amontonaban a la espera de la sanación. Una mujer de negro traía una foto de su hijo muerto para saber dónde andaba. Otra señorita rezaba en voz alta, a los gritos para que la escuchara, porque con esa negrada la Virgen ya no oía los pedidos. Una pareja de jóvenes pedía que bendijera su matrimonio, la chica estaba embarazada, ¿era pecado? ¿Debía abortar a la criatura? Temía estar engendrando un íncubo. Había visto la película del bebé de Rosemary y temía que fuera una advertencia personal. Un viejo muy atildado, un coronel, dedujo Croce: «Estoy vestido de civil porque quiero pedirle a la dama celestial que proteja al general Perón en su regreso a la patria», había dicho. Un paralítico que se arrastraba con muletas contaba que un tío suyo se había curado de un enfisema solo con besar el manto celeste y blanco de la Patrona; él pedía poder correr la maratón de los barrios. «Después», le dijo a Croce, «puedo volver a mis muletas.» Estaban todos locos, la fe era una forma de demencia colectiva, pensó Croce. La Policía había mandado un batallón de infantería, pero los vigilantes con sus escudos se habían arrodillado a rezar después de una exhortación del Tata Dios, que pidió «una bendición para los canas que nos acompañan».

El Gobierno no sabía qué hacer y era cierto que el gobernador peronista de la provincia, Bidegain, se había acercado a rezar. «Es una expresión de la cultura nacional popular, debemos respetar las creencias del pueblo», dijo. Luego hizo retirar a los policías y arregló con los organizadores que la seguridad estaría a cargo de los feligreses.

¿Podía Croce infiltrarse entre la multitud, ver de cerca el caso y hacer un informe? Era ya un escándalo público. El Tata había prohibido la televisión. «Es sacrílego reproducir la imagen de la Santa», había dicho, pero las radios transmitían el hecho las veinticuatro horas del día.

¿Cómo había empezado este batifondo?, se preguntó Croce. Habían forzado de noche la puerta de la basílica, la habían sacado del altar y la cargaron en un auto, fueron por el campo y en un bosque la miraron y se arrodillaron fascinados. Croce no era creyente, era un agnóstico, y tenía vagas nociones sobre la Virgen Patria. Sabía que una vez al año un millón de fieles iban caminando a Luján, sesenta kilómetros de marcha. Sabía también que antes de un partido difícil el equipo nacional de fútbol peregrinaba hacia la basílica; ella era la Patrona de la Argentina. Pero sabía también que muchos decían que la Virgen de Luján era mufa, era yeta, atraía la mala suerte, y por eso el país estaba en declive e iba de mal en peor. Para las autoridades de la Iglesia, era un sacrilegio, pero dudaban en condenar el hecho porque imaginaban una rebelión popular, así que enviaron a Croce a negociar con el curandero. El Tata Dios decía que los ricos la querían para ellos y por eso la encerraban en la iglesia, pero ella era la Virgen de los pobres y de los tristes de la tierra, y por eso debía estar a campo abierto, a la mano de cualquiera. En la pampa, predicaba, debía estar la Virgencita, ¿o los pájaros del Señor no andaban sueltos por el aire? ¿Cómo hablar con este cretino?, se preguntaba Croce. Para mejor, contaban la historia de la llegada de la Señora a estos pagos y reproducían los acontecimientos históricos. Había venido de Brasil la Santa, predicaba, y un esclavo negro se ocupaba de cuidarla. ¿Y qué fue lo que pasó? Los bueyes de la carreta que la traían se empacaron y hubo que bajarla. Si la Virgen estaba en tierra los bueyes marchaban, pero cuando la subían los animales se quedaban quietos. Era un milagro, una señal del cielo. La Señora quería quedarse ahí, cerca del río Luján, por eso levantaron la iglesia. Pero, según el Tata, la imagen en sueños le había dicho que quería estar en el campo abierto con sus fieles queridos. «Nosotros también tenemos un negrito que, como aquel, hace las curaciones.» En efecto, comprobó Croce, un muchachito negro se encargaba de sanar a los enfermos con el cebo de las velas que ardían junto a la Virgen. Les daba de beber una infusión hecha con los abrojos que se desprendían de su vestido, porque ella andaba por el campo en sus visitaciones nocturnas. «Por eso la rescatamos, para que pueda recorrer el campo, en la basílica no podía salir, estaba encerrada.» El Tata Dios hablaba con un megáfono. Se modernizó, pensaba Croce al verlo moverse de un lado a otro y predicar a los gritos. El curandero cobraba un peso la confesión y treinta la cura. «No quiero que la plata de los argentinos ingrese en las arcas repletas del Vaticano», había dicho.

Croce iba leyendo los carteles que enarbolaban los creyentes: «Madre, aquí tienes a tus hijos. María reúne a su pueblo y nos dice: levántate y camina. Como María, no abandonemos al que sufre. Madre, regálanos tu mirada. Madre, acaricia nuestras heridas.» Escuchó al Tata predicar los cuidados y consejos a los peregrinos: «No vengan en patas, usen zapatillas viejas y usadas, que son más cómodas, no usen medias de nailon o les saldrán ampollas.»

Después de su primer rastreo Croce volvió a la comisaría, se tiró a dormir y a la mañana siguiente ya tenía un plan de acción.

La Policía había identificado al Tata. Se llamaba Juan Micheli y era un estafador y falsario que operaba en la provincia de Santa Fe. Tenía una gran capacidad de transformación. Era un actor consumado y un mutante convencido.

Croce iba a actuar sobre la banda, dejaría al Tata para el final. Amenazaría a los doce y también ofrecería inmunidad a quienes lo ayudaran. El único complot seguro es el complot individual, pensó, y buscó a un Judas al que sobornar. A la tarde ya había convencido a dos de la banda. Al manco Washington y al tuerto Mancuso. Aprovechó que el Tata los había disminuido. «Ustedes son los señalados de Dios», les había dicho, «y llevan en el cuerpo las marcas del pecado.» Les dijo que por eso recibirían la mitad del diezmo. Micheli estaba poseído de su divino personaje. «Nos quería currar el muy mandria», le confesaron a Croce. Las intrigas del comisario, «divide y reinarás», decía Croce, que se había contagiado del estilo alusivo del Tata y hablaba como él. «Les he dicho», les dijo a los dos desdichados a los que había separado del grupo, «que intercederé por ustedes, descarriados, ante las instancias superiores del peronismo.» Eso los convenció y los dos tramaron la captura de Micheli. Estarían de guardia esa noche y dejarían pasar a Croce a la carpa donde dormía el Tata. Croce podría encararlo y conversar con él a solas.

A la medianoche, cuando los feligreses dormían al sereno, Croce pasó la guardia y entró en la estancia donde dormía solo el hombre. Ahí vio a un costado la esfinge de

113

la Señora. Era diminuta, debía medir unos cuarenta centímetros, calculó, tan chica y con tanto poder. Su carita brillaba en la penumbra, tenía los ojos de una santa mirando el firmamento. Por las dudas, Croce se santiguó, nunca se sabe con estas cosas. Un perro estaba echado junto al Tata; era un ovejero alemán negro, que al verlo moverse gruñó amenazante.

–Quieto, Mandrake –musitó dormido el Tata.

–Despertá, Micheli –le dijo Croce.

El hombre no se sobresaltó y miró a Croce como si lo estuviera esperando.

–Estaba escrito –dijo– que un centurión iba a interrumpir el sueño de Cristo.

–Qué Cristo ni qué niño muerto, vengo a parlamentar en paz.

–Bueno, me alegro –dijo Micheli–, es lo mejor en estos asuntos de religión llegar a un entendido.

La Virgencita se le apareció en un sueño. «La vi como lo veo a usted», le dijo a Croce. Entonces había hecho una promesa: si su madre no sanaba, iba a robar la Virgen de Luján. Eran las promesas invertidas y consistían en una amenaza, si no se cumplían, ponían al santo boca abajo. Pero Micheli había llevado al límite esa práctica, y, cuando su madre murió, cumplió su promesa y sacó a la Santa de la iglesia. Lo que no calculó fueron las consecuencias de sus acciones y la multitud que lo seguiría no bien se supo la noticia. Entonces vio el negocio y reclutó a su banda, encarnó la figura del Tata Dios, un mesías que estaba presente en los mitos populares, y se convenció de que él era el enviado del Padre Eterno. Siguió las indicaciones de la Biblia y reprodujo además al pie de la letra la leyenda de la Virgen. Él creía, mientras que los de su banda solo buscaban beneficios y cuchicheaban y murmuraban en voz baja y protestaban entre ellos. El Tata les hablaba con fábulas y parábolas y nunca les dijo cómo iban a dividir las ganancias. «Al Tata lo que es de Dios», les dijo, «y al César», es decir, a Perón, explicó más tarde, «lo que es del César.»

–Lo dejamos libre y no hay prisión para usted si se lleva la imagen de vuelta.

–Igual no hay delito –dijo–, lo hice porque la Virgen no me cumplió.

–En resumen –dijo Croce–, retírense con la Virgen a la orilla del río Luján, acampen ahí y un enviado del doctor Bidegain arreglará con ustedes.

Siguieron charlando hasta que amaneció y acordaron la forma de la retirada. A la mañana, ya con el sol alto, el Tata salió de su carpa con el megáfono y les dijo a los fieles que había tenido una visión.

«La vi a mi lado y ella me dijo que debía volver a Luján. Seguiremos su deseo, así que dispérsense y nos veremos allá.»

Hubo gritos de júbilo pero también signos de desencanto. Muchos se quedaron en el campo y rezaban en voz alta pidiendo que la imagen no se fuera. El Tata y el negrito eran los únicos que podían moverla. Y eso hicieron. La llevaron entre los dos en andas mientras la gente se arrodillaba a su paso y cantaban a coro «Oh, María, madre mía, oh, consuelo del altar.» La subieron al auto y la instalaron en el asiento de atrás con el muchacho negro. El Tata y Croce se ubicaron adelante los dos, y la multitud rodeó el vehículo dejando el camino libre para que pudieran salir. Y entonces apareció una luz que descendía del cielo para iluminar el coche.

Croce calculó que el faro instalado en la fábrica abandonada de Luca Belladona, que tiraba una claridad líquida y circular, combinado con el sol, había producido durante un instante interminable una luminosidad mística. Pero entonces el automóvil se negó a arrancar y los dejó ahí. «Milagro,

milagro», se oyó gritar a los que estaban cerca de ella. «No quiere irse, no quiere partir.» Y, furioso, el curandero trató de poner el auto en marcha, pero fue inútil. Seguro le había fallado el burro de arranque o tal vez la batería se había descargado, pensó Croce. Hubo un momento de confusión, y en eso, como si una libélula mecánica se hubiera manifestado, apareció el helicóptero de la Gobernación y la Virgen ascendió a los cielos.

Croce estaba sentado ante su escritorio. Todo había pasado ya, una locura colectiva, un delirio común a miles y miles. Abrió el diario y leyó: «El comisario Croce ha resuelto el caso, la Virgen volvió a la basílica.» Croce vio su foto. Me escracharon, pensó, estoy jodido. Se habían tomado medidas para que estos hechos no se repitieran. Y siguió con la noticia en *El Mundo*.

La imagen original de la Virgen de Luján, una estatuilla de terracota del siglo XVII, será preservada de otro posible ataque vandálico con un blindaje de protección, mediante una obra que demandará 120 días y requerirá una inversión próxima a los 100.000 dólares.

La idea de preservarla es del arzobispo de Mercedes-Luján, monseñor Benavídez, quien expresó temor ante la posibilidad de que «un desequilibrado pueda agredir a martillazos» a la estatuilla.

Cuatro vidrios capaces de resistir un ataque con munición de grueso calibre protegerán la estatuilla de valor religioso e histórico. Con el objetivo de reducir al mínimo la manipulación en el transporte y la movilidad que imponen los ritos de culto en honor de la Patrona nacional, la reliquia será montada sobre un mecanismo especial.

Un colaborador del obispo mercedino dijo que la

iniciativa, polémica para algunos, «entusiasma» a los peregrinos que acuden a la basílica de Luján, porque la imagen estará «más cerca de los fieles, aunque no podrán tocarla».

¿Y qué será del Tata Dios y de sus doce secuaces?, se dijo Croce. Nada, los han dejado ir, porque ese fue el trato. La plata que habían conseguido se confiscó y fue usada para las obras de defensa. Si no le pasa nada a la Virgen, nadie se acordará de mí. Pero si le pasa, me van a maldecir mil años, dijo el comisario Croce esa tarde.

9. LA CONFERENCIA

Esa tarde Croce estaba tomando una copa en el almacén de los Madariaga cuando sonó el teléfono y una mujer urgida y preocupada preguntó si el inspector Croce estaba ahí.

–¿Quién era? –preguntó Croce.

–No dijo –susurró el más chico de los Madariaga–. Una mujer te busca. –Hizo una pausa–. Viene para acá.

Efectivamente, una mujer agraciada y nerviosa entró en el local. Era la secretaria de actividades culturales del Club Social. Un viejo escritor había venido al pueblo a dar una conferencia y no había nadie, o casi nadie, aclaró la mujer. A la misma hora, un director técnico del seleccionado de fútbol, Guillermo Stábile, daba una charla en el Deportivo La Laguna y todo el pueblo, o casi todo, había ido a escucharlo. ¿No podía Croce ir a la charla del escritor? El tema seguro iba a interesarle. Amable, el inspector accedió. En el salón solo había cinco personas.

Todo esto sucedió en 1954. Croce era en ese momento un joven pesquisa, es decir, un investigador policial que no usaba uniforme. De modo que se sentó en una silla de adelante y sintió que el conferencista le hablaba a él personalmente.

El escritor había entrado en la sala sostenido del brazo por Rosa Estévez, la bibliotecaria del pueblo, jovencísima y recién contratada. El conferencista se apoyaba en un bastón y Croce comprendió que el hombre era ciego. Iba vestido con antigua elegancia, de traje oscuro con chaleco, y usaba una discreta corbata gris. Miró al aire con actitud perpleja mientras Rosa lo presentaba: «No necesita presentación.» Era el presidente de la Sociedad de Escritores y dirigía una colección de novela policial.

–Bueno, caramba –dijo con voz titubeante–, nos hemos reunido esta noche para celebrar, más que para comprender, un arte menor. Quizás habría que decir una artesanía, pero sin amilanarnos y con coraje la nombraré el arte de componer relatos policiales o, mejor –titubeó y tartamudeó lento–, el arte de componer felices y/o asombrosos relatos o, más modestamente, cuentos policiales, lo que los ingleses llamaban *detective fiction*.

»La particularidad formal del género –dijo el conferencista– es la invención del detective por Edgar Allan Poe, un personaje que se dedica a investigar. Siempre ha habido crímenes y descifradores de enigmas. Ya está en la Biblia y en Homero. Por ejemplo, en *Edipo rey* hay un crimen y quien se encarga de descifrarlo descubre que el asesino es él mismo. Es una tragedia sobre los riesgos que comporta el querer saber, un saber de más, digamos, pero no es un policial porque un relato, para ser policial, exige que la función de investigar se autonomice y se encarne en un sujeto que solo se dedique a dilucidar enigmas, como Dupin de Poe o Sherlock Holmes de Conan Doyle, y su sucesión de epígonos y descendientes.

A esa altura Croce se adormecía y quizá soñó como en un relámpago que andaba por el campo con pipa y lupa siguiendo los rastros de un ñandú. Por qué un ñandú, se

120

preguntó. Porque el Ñato Desiderio era un ladrón y asesino que andaba fugado. La eñe se lo trajo, pensó Croce. Suerte que el conferencista era ciego y no lo vio cabecear y dormirse. Decidió buscar una posición incómoda en la silla para no cerrar los ojos y mantenerse alerta. De seis oyentes, uno dormido era una vergüenza. Se sentó sin tocar el respaldo, con la espalda al aire, pero en ese momento, al despertar, se interesó en la charla porque el escritor empezó a hablar del crimen perfecto y eso lo despabiló.

Se produjo en Croce, mientras escuchaba la conferencia, una sensación de íntima intimidad. Sintió que estaba pensando, tal vez como el hombre, juegos de palabras o, por ejemplo, la repetición aliterada íntima intimidad. Para colmo el conferencista lo nombró al decir:

–Todo esto podría llevarnos a la doctrina de Croce, que, creo, no sé si es la más profunda pero sí la menos perjudicial, la idea de que la literatura es expresión. Si la literatura es expresión, la literatura está hecha de palabras y el lenguaje es también un fenómeno estético. Pero –vaciló el conferencista– ¿expresión de qué sería el relato policial? –se preguntó–. De nuestros temores, pero también de nuestra decisión de ser más valientes y más decididos, aunque esa épica delictiva pueda llevarnos, cómo no, al crimen. Hay una atracción en el detective, el puro razonador Dupin, pero también nos atraen los imperiosos gángsters. Nos atraen por igual, debemos reconocerlo, el bien y el mal. Incluso, dicho en confianza y entre nosotros, más el atractivo pecado y el infierno que el pacífico paraíso y la monótona decencia. Por eso quiero centrarme esta noche en la ilusión más profunda del género: el crimen perfecto.

»El crimen perfecto es la utopía del género policial, pero es también su negación. Un crimen tan bien ejecutado que

121

jamás se descubre es el horizonte al que aspiran los textos, o sus lectores, y sin embargo sabemos que esa expectativa será, fatal y resignadamente, frustrada. La serie de relatos unidos por la figura melancólica de un impecable detective como Dupin, Holmes, Poirot, Maigret, el padre Brown, la reiteración previsible de fórmulas narrativas y el carácter masivo del género, "la adicción" a la que se refiere Chesterton, se motivan, en más de un sentido, en la esperanza de ese triunfo imposible.

»Habría que hacer una historia de las soluciones extraordinarias que, a lo largo de los años, los autores de relatos policiales han inventado para resolver casos que parecían no tener solución. Ese catálogo de sorpresas, a la vez ingenioso e ingenuo, permitiría comprobar hasta qué punto el género viene a resolver un conflicto que la sociedad no puede resolver porque siempre habrá crímenes sin solución.

»La literatura policial se funda en la tensión insalvable entre el crimen y el relato. En realidad, es una diferencia esencial: el crimen tiende al silencio, a la huella borrada, y está fuera del lenguaje, mientras que el relato hace hablar a lo que se mantiene oculto, dice de más, revela y delata. En este sentido, el género se funda en una paradoja: cuando el crimen es perfecto, es invisible y es abstracto, y por lo tanto no se lo puede reconstruir. Están sus huellas, pero sus huellas no llevan a ningún lado.

»La novela de Agatha Christie *The Murder of Roger Ackroyd*, escrita en 1926, es una de las soluciones canónicas a este dilema. Yo la he plagiado sin éxito en mi pobre relato "Hombre de la esquina rosada". Ahí el asesino resulta ser el narrador, y el relato esconde hasta el final su identidad.

»Se sintetiza, de hecho, una de las vertientes más fecundas del género. El crimen perfecto solo puede ser escrito desde la óptica del asesino. De lo contrario, es solo un "caso", una historia abierta y sin sentido como las que proliferan en la crónica roja de los diarios. En esa vertiente del género, el secreto se desplaza del crimen a las razones del relato. La historia cuenta *por qué* se cuenta la historia de un crimen. De ese modo, el crimen perfecto puede tener un cierre aunque su solución no implique el triunfo de la ley, ni el éxito de la investigación.

»En este sentido, el crimen perfecto siempre permite prever un descubrimiento futuro que en el presente permanece ciego y en suspenso. Se podrían inventar las historias que empiezan donde estos textos terminan. Pero, en el momento en que se cierra, el relato del crimen ofrece una perversa perfección: solo el que muere sabe quién es el asesino.

»El cuento de Conan Doyle "The Final Problem" es un ejemplo admirable del pasaje de la relación íntima y cerrada entre el investigador y el criminal, que define los orígenes del relato policial, a la relación también íntima y también especular entre el asesino y la víctima. Como ustedes recordarán, Sherlock Holmes muere abrazado a su rival, el profesor Moriarty. Entre el asesino y la víctima se abre otra red y se teje otra trama que construye una intriga que se repite en múltiples historias.

»Ahora la clave no es ya la inteligencia a la vez lúcida y pura del detective, sino la mente psicótica y extravagante del asesino. El misterio y el suspenso se concentran en la extraordinaria conciencia del criminal. Los sucesos de la vida de un hombre excepcional, una suerte de superhombre nietzscheano que vive más allá del bien y del mal. Un ejemplo es el ya nombrado profesor Moriarty, el diabólico antagonista de Sherlock Holmes, llamado el Napoleón del crimen. Él es el ejemplo de la perfección "algebraica" del mal y por eso logra derrotar al legendario e imbatible detective.

»"El asesino", ha escrito Chesterton, "es el rebelde dominado por un orgullo extremo y despiadado. Se niega a sufrir y ahí está su *pathos.*"

»Con modalidades múltiples y visiones personales, los relatos reconstruyen las distintas perspectivas del criminal visto como un autómata extraño, casi una "máquina de matar", que no puede controlar sus impulsos y que actúa con una eficacia a la vez desesperada y brutal.

»Yo mismo he entrevisto a esos héroes del horror y la furia en la figura de Scharlach, el dandy que en su venganza construye la red de un laberinto fantasioso y geométrico, trama intrigas demoníacas e incluso periódicas en un relato de cuyo nombre no quiero acordarme.

»La réplica, el revés, el otro que hace posible el relato del crimen, es por supuesto la víctima. La visión mítica del que va a morir y alucina y delira y es amenazado y perseguido define otra línea histórica del género. También he intentado una réplica de esa cautelosa tradición en mi relato "La espera", donde un hombre resignado y un poco demente aguarda a que vengan a matarlo por razones que ya no recuerda. Esa forma centrada en la víctima acerca el cuento policial al relato de terror y a la literatura fantástica.

»La lógica de la víctima es la lógica del doble, de la culpa y de la expiación, y en este sentido esos relatos son un ejemplo del proceso de incertidumbre y de extrañamiento que convierte al perseguido en criminal.

»Todos deseamos que triunfe el criminal, ha escrito De Quincey, porque el criminal, incluso en su versión más despolitizada y más cínica, enfrenta la ley, se enfrenta con los procedimientos brutales del Estado. Pero la marca del mundo moderno es, como nos enseña la historia argentina, que los inocentes son ejecutados por los aparatos y las organizaciones estatales y que los grandes criminales son los jefes políticos y sus sirvientes.

»Los relatos policiales son, en definitiva, una suerte de caleidoscopio o de breve clasificación de la trama múltiple de crímenes, siempre extraordinaria y siempre repetida, que señala y define la lógica secreta del mundo en el que, resignados, vivimos. Muchas gracias.

Hubo débiles aplausos y en ese momento, pensó Croce, el escritor comprobó que nadie había ido a escucharlo. Dos del público, un hombre gordo y una mujer flaquísima, aprovecharon el vacío para huir. Croce no los conocía. Quizá eran nuevos en el pueblo. El viejo escritor permanecía impávido en la tarima y Rosa subió y lo ayudó a bajar.

–Éramos pocos pero fieles –dijo el escritor con una sonrisa–. Si falta uno más, no entra.

–Interesante su conferencia –dijo Croce–, pero en la vida las cosas son distintas.

–Sí –replicó el viejo–, en la realidad la policía tortura y usa la delación como sistema de inferencia.

–No todos. –Y después de una pausa agregó–: También hay escritores que son de la peor calaña.

–La mayoría, pero no seamos platónicos. No existen el policía o el escritor. Toda ética ha de ser personal y tratar casos individuales.

–De acuerdo –dijo Croce–, uno empieza a generalizar y termina en el nazismo.

–O, sin ir más lejos, en el evidente Perón –dijo el viejo–, versión militar del horror generalizado.

En ese momento, la señora de la cooperadora del Club Social le pagó la conferencia. Unos doscientos pesos, calculó Croce, alcanzaba para vivir dos días. El viejo recibió incómodo los billetes y se los guardó en el bolsillo interno del

125

saco. Lo hizo con destreza, primero tanteó con la izquierda y luego deslizó la plata con discreción, como si fuera un carterista de sí mismo.

–Claro, sí, un carterista benéfico –dijo el viejo, que parecía haberle leído el pensamiento.

La mujer tenía que irse. ¿Podían Rosa y Croce alcanzar al conferencista a la estación? Tenía que tomar el tren de la medianoche a Tandil, donde daría, calculó Croce, otra charla frente a nadie. Iba a hablar sobre el budismo, explicó el viejo.

–Digo siempre lo mismo –sonrió–, solo le cambio el título. Será otra reflexión sobre lo perfecto pero en lugar de crímenes hablaré del Tao.

Salieron al fresco de la noche.

–Ahora pasamos por la plaza –explicó Rosa, que llevaba del brazo al escritor y se sentía feliz por esa experiencia mágica que le había otorgado el destino–. Soy feliz –dijo ella– de poder acompañarlo y haberlo escuchado.

–La felicidad –dijo el viejo– siempre es casual y siempre nos sorprende. Aspiramos a ella, y esa inminencia y esa espera nos permiten vivir –dijo después–. En la plaza, imagino, habrá una estatua.

–Sí –aclaró Rosa–. El coronel Belladona fundó el pueblo.

–En todos los pueblos hay una estatua y una iglesia y una plaza descuidada y cuadrangular. Otra vez el platonismo. Un pueblo esencial y sus pobres réplicas simétricas y borrosas.

Cuando llegaron a la estación, eran las nueve. Entraron al bar a comer algo. El viejo pidió un arroz con manteca y un vaso de vino.

–¿Lo quiere tinto o blanco? –preguntó Rosa.

–Me da igual, he tomado la precaución de ser ciego.

Estaban solos los tres en el amplio salón. Se habían sentado en una mesa cercana a los ventanales que se abrían sobre una calle empedrada y oscura. El viejo comía con elegancia, de memoria. Subía la cuchara a la boca y luego tanteaba para encontrar el vaso de vino tinto, que se llevaba a los labios con un leve temblor. Hizo una pausa y dijo:

–Usted también es Croce, una reencarnación pampeana, el filósofo como policía.

–Dos profesiones muy desvalorizadas –dijo Croce.

–Y muy ligadas –dijo el viejo escritor–. Dos modos de buscar la verdad. –Se quedó pensando y agregó–: Pero Croce en castellano es cruz, el sargento Cruz, que, como sabemos, se jugó por el matrero y desertor Martín Fierro. –Dudó y cambió la voz al recitar–: «Cruz no consiente que se mate así a un valiente.»

–Consiente, valiente, está bien la rima. ¿Y cómo sigue? –dijo Croce.

–«Y ahí no más se me aparió, dentrándole a la partida.»

Y luego Croce se sumó y recitaron a coro:

Yo les hice otra embestida,
pues entre dos era robo;
y el Cruz era como lobo
que defiende su guarida.

–Somos dos paisanos argentinos –dijo el escritor–, dos criollos.

–Dos baqueanos.

–Sí, dos rastreadores. Leemos pistas, rastros.

–Buscamos lo visible.

–En la superficie.

–No hay nada oculto.

–Buscamos lo que se ve.

–Exacto –dijo Croce–. Voy a proponerle un caso a su consideración. Un productor de cine, presidente de un club de fútbol, es amenazado de muerte. Quieren matarlo, no sabe quién ni cómo. Descenso a los infiernos, se siente perseguido, siente que hay algo en su pasado que lo compromete, pero no recuerda ni sabe qué es (esto es clave: hizo algo pero ha logrado olvidarlo por completo). Todos, en especial su guardaespaldas, piensan que tiene un delirio de persecución, le demuestran que no hay peligro. Sus amigos creen lo mismo, es decir, que se trata de un ataque de pánico. Se convence y organiza una fiesta para mostrar que no tiene miedo y que ha comprendido que los signos que lo hicieron creer que iban a matarlo eran solo malos pensamientos. Esa noche en la fiesta lo matan. La fiesta ha sido filmada, de modo que entre las imágenes debe estar la del o los asesinos.

–¿Cómo lo matan? –preguntó el escritor.

–Desde lo alto, se coloca en un palco y dispara desde ahí, con un rifle con mira telescópica, y huye. Es probable que sus cómplices hayan dejado la carabina en el lugar la noche antes y él la abandonara en el palco para huir sin problema. No hay huellas digitales.

–Usó un cuidadoso par de guantes.

–De tela, creo, de una mujer quizá.

–O de médico.

–Tal vez guantes de látex.

–Para poder disparar cómodo.

–Sí –dijo Croce.

–¿Qué se ve en las imágenes?

–Una confusión de personas que parecen eufóricas y borrachas.

–Es lo mismo –dijo el viejo.

–Un caos de caras que miran a la cámara.

–Y la señalan.

–Sí, parecen sorprendidos y sonríen.

–Hacen muecas.

–Morisquetas.

–Entonces, usted –dijo el escritor– debe buscar a los que mantienen la calma.

–Y no miran la cámara. Es cierto, tiene razón.

–Entre los despreocupados debe estar el asesino.

–Si quiero descubrirlo, tendré que pasar días y días viendo imágenes en cámara lenta.

–¿Y la motivación?

–Es la historia que ha olvidado –dijo Croce, y resumió los datos–: Un grupo de jóvenes, uno de ellos encuentra el revólver de su padre. Salen una noche y van al Parque Japonés en Retiro. Suben a la vuelta al mundo (una gran rueda con asientos que gira en lo alto del parque de diversiones) y, desde allí, amparados en la oscuridad y el ruido múltiple de los fuegos artificiales y la música estridente, disparan al azar contra la multitud. Pánico, corridas, nadie se percata de los jóvenes de clase media que se mueven tranquilamente por el lugar después de haber matado a una desconocida. Pero un fotógrafo ha fijado la imagen de los jóvenes que daban vueltas en la rueda malvada. Ella tiene dos hijos que deciden vengarla. Cuando los hijos consiguen la fotografía, solo tienen que seguir esa pista. Por supuesto, identificamos a la mujer muerta; pero la noche de la fiesta sus hijos tenían coartadas firmes. Uno estaba en Tierra del Fuego y el otro se había mudado a Tucumán.

–Bueno –dijo el viejo–, uno en el extremo norte y el otro en el lejano sur. Esa simetría geográfica demuestra que son ellos los responsables.

–Lo más probable es que hayan contratado a un *killer*.

–¿Existe esa industria? –preguntó el escritor.

–Sí –dijo Croce–, una muerte cuesta diez mil dólares, aparte de viáticos.

–En verdad suena atractivo.

–En general son extranjeros que entran al país con papeles falsos, ejecutan al hombre señalado y se van del territorio.

–Caramba, una organización que trafica con el crimen perfecto.

–Sí, hay falsas oficinas de turismo que ofrecen esos servicios.

–Si yo tuviera que escribir esa historia –dijo el viejo–, me centraría en el asesino a sueldo que mata a desconocidos, un uruguayo, es decir, un argentino antiguo e inmejorable.

–Imaginemos que vive en Colonia –dijo Croce.

–Sí, es dueño de una linda librería que vende libros raros, la atiende con su mujer, de modo que puede desaparecer unos días sin despertar sospechas.

–¿Y si quien lo mata fuera la mujer? –dijo Rosa.

–Es el marido el que se queda –dijo Croce.

–Claro –dijo el viejo–. Una mujer es perfecta. Nos ayuda la vieja superstición que fabula que las damas no trabajan de asesinos profesionales.

–La veo –dijo Rosa–, una mujercita diminuta y decidida que se infiltra en la fiesta.

–Bueno –pensó en voz alta el escritor–, le han conseguido un sitio en la lista de invitados y sube a la planta alta.

–Que está a oscuras –dedujo Croce.

–Sí –dijo Rosa–, la mujer es una tiradora experta.

–Ha participado en los Juegos Panamericanos con el equipo uruguayo –dijo Croce.

–Cierto, de tiro al blanco –acotó Rosa.

–Es decir, resumiendo –dijo el escritor–, tenemos a una apasionada muchacha que entra sin ser vista en el salón de fiestas.

–Sube al palco –dijo Croce.

–Y ahí espera el momento oportuno –dijo Rosa.

–Digamos –dijo el viejo– que el hombre que morirá da

un pequeño discurso de agradecimiento a los amigos que han venido esa noche a festejar con él y un certero disparo lo hace callar.

—Así fue —dijo Croce.

—En medio de su arrogante discurso, lo borró la infalible descarga.

—Entonces —dijo Croce—, el caso está resuelto.

—Sí —dijo el viejo—, en la desordenada y eufórica confusión de la fiesta hay que buscar a una mujer —concluyó.

—Sí —dijo Croce—, buscaré a la dama en las imágenes y viajaré a Colonia a detenerla.

Festejaron la resolución del enigma y se asombraron y alegraron de la feliz conjetura que les había permitido usar la imaginación para solucionar un misterio real.

—Hay otro caso —recordó el escritor—, es el enigma de Marie Rogêt, de Edgar Allan Poe. Por medio de su detective, el caballero nocturno Dupin, resuelve un hecho real que alarmaba a los ciudadanos de Nueva York y a sus desvergonzados periodistas. Traslada el caso a París, pero los acontecimientos son los mismos. Lo resuelve usando sus métodos de inferencia. Nosotros hemos llegado al mismo fin mientras esperábamos la llegada del expreso nocturno.

—Teníamos —dijo Croce— un lapso de tiempo acotado e inferimos la solución en una carrera con el tren.

—Que aquí llega —dijo Rosa.

Estaban en el andén y la locomotora ya asomaba su luminosa presencia en el cruce cercano de los rieles. Cuando se detuvo, Rosa acompañó al escritor hasta el vagón y luego hasta el asiento que tenía asignado. Lo vieron partir, lo saludaron con un gesto que él no podía percibir, pero ellos, en cambio, pudieron ver su agradable rostro impávido en la ventanilla que se alejaba y se perdía en la noche.

10. EL TIGRE

I

En la multitud de hombres y mujeres que bajaban de los trenes en la estación Constitución se destacaba, para el observador atento, la figura de un individuo detenido en el andén número catorce, parecía esperar a alguien esa tarde de septiembre de 1976. Vestía un traje oscuro y usaba un sombrero de ala fina. Se lo veía tranquilo en medio de la gente. Había apoyado en el piso una valija marrón atada con una soga y estuvo quieto un largo rato. Era el comisario Croce, el mejor investigador de estas provincias, famoso por sus métodos nada tradicionales de descifrar los enigmas que le planteaba la realidad. Yo lo había conocido años atrás y ahora iba a recibirlo y a ayudarlo a encontrar un lugar donde esconderse hasta que pasara lo peor. «Pero lo peor nunca pasa para nosotros», me dijo Croce aquella tarde.

Lo llevé a la casa que yo había alquilado en El Tigre. Un sitio tranquilo sobre el Rama Negra. Él se sintió cómodo y protegido ahí porque ya había estado en el Delta en varias de sus aventuras. Le gustaba el paisaje, la quietud del río manso a esa altura, parecido a la ribera de la laguna del pueblo donde había vivido toda su vida. Le mostré el almacén de Jacinta en lo hondo de la isla, a unos diez minutos de marcha desde la casa. No pague nada, le dije, tengo crédito acá, no se haga problema. Croce pensaba vivir de la pesca, pero igual agradeció el fiado y pronto simpatizó con doña Jacinta y se hizo habitual del despacho de bebidas del lugar. Nadie preguntaba nada en las islas, que han sido siempre un refugio para los bohemios, los artesanos y los fugitivos de la ciudad. Croce se instaló en la región como si fuera un baqueano y yo empecé a visitarlo una o dos veces por semana. También yo necesitaba un refugio y a veces me quedaba varios días con él charlando al reparo y escuchando sus historias.

Habíamos intimado cuando fui a cubrir el caso del norteamericano boricua que habían asesinado en ese pueblo perdido de la pampa. Me quedé más tiempo porque me enredé con una de las bellas del lugar, una de las hermanas Belladona, y así creció mi amistad con Croce. En ese caso él se enfrentó con la ley, fue acorralado y lo pasaron a retiro. No hablamos de aquella historia, ni él ni yo. No hay que mentar las derrotas, pensábamos, sobre todo en esos días en que las noticias políticas eran para nosotros exclusivamente las necrológicas.

Muertos sin sepulturas, dijo uno de nosotros, o él o yo, una tarde que estábamos tomando cerveza, fumando sentados en el muelle y mirando pasar los botes y las lanchas que buscaban el río abierto. Habíamos prendido espirales porque los mosquitos zumbaban en el aire pesado del anochecer y ese olor medicinal me hacía acordar a las siestas de mi infancia.

–Bueno, a mí los espirales me hacen acordar a un caso muy difícil en el pueblo –dijo Croce–. Sería el año sesenta, calculo. Era verano, porque los cuatro que jugaban eternamente la misma partida de póquer habían sacado esa noche la mesa al patio y estaban al sereno bajo los focos y habían prendido los espirales para que los mosquitos no los distrajeran de la tenida. Sería un sábado porque se pasaban el fin de semana sentados y matándose encarnizadamente y desafiando a la suerte. Apostaban fuerte. Se conocían tanto que era como si jugaran viéndose las barajas.

»Ese día, alrededor de las once y media de la noche, me arrimé al almacén de los Madariaga y los encontré jugando al póquer. Akaniz, el boticario del pueblo; Mieres, el concesionario de Ford; Domínguez, el concesionario de Chevrolet, y Ordóñez, rematador de hacienda. Cuando pasaba frente a ellos, iba tomando registro de quiénes eran los que jugaban mejor a pesar de las cartas recibidas. Ya a todos les había tocado alguna vez un póquer servido o una escalera real, todos habían perdido con una pierna frente a un *full,* con un par doble frente a otro par de dobles de más puntaje, así que lo que había que comparar era el ingenio, el *gift,* la calidad que tenía cada uno de ellos más allá de la suerte. Mentir es la base del juego. Y la duda sobre la verdad o la falsedad es la llave de sus reglas secretas. "Uno conoce verdaderamente a un hombre solo si ha jugado a los naipes con él", me había dicho una vez Miguel Ordóñez, y había algo de eso. Se podía ganar aunque se estuviera en cero con las cartas, apostando con inteligencia y haciendo dudar a los antagonistas de si se trataba de un *bluff* o realmente se tenían cartas altas. No era seguro que el que mejor estuviera jugando ganara siempre, así que había algo incierto. No llevaban la cuenta pero el dinero pasaba de uno a otro. Sobre todo a las manos de Ordóñez, que ganaba y ganaba como si hubiera hecho un pacto con Lucifer. "Tengo suerte, muchachos", decía –me contaba Croce. Se detuvo y miró el agua del río correr–. Qué mansa es –dijo, y luego, bajando la cabeza, agregó–: Fue en una noche de esas en las que Ordóñez ganaba como un endemoniado que planearon matarlo. Primero habrá sido un chiste, lo matamos a este, habrán dicho, pero el farmacéutico se tomó el dicho en serio. Le dieron una inyección de adrenalina que le provocó un paro cardíaco. La sustancia tenía olor, pero los espirales diluyeron el aroma y la pequeña marca de la inyección se confundió con la picadura de un mosquito. Lo mataron porque tenía mucha suerte en el juego y se cansaron de que siempre ganara. Aprovecharon que Mieres se retiraba un momento de la partida para llamar a su casa a medianoche y entraba en el almacén para usar el teléfono del mostrador, o sea –dijo Croce–, que estaba fuera de juego. Me encontré entonces con un cadáver, dos sospechosos y un testigo. El muerto, decían, había sufrido un ataque por la emoción que le causó ver sus cartas. Había recibido otro póquer de ases, "se murió de contento", dijo el boticario. La motivación estaba a la vista. Ordóñez tenía un montón de fichas y un cheque del concesionario de Chevrolet por una suma demencial.

»Yo estaba tomando una copa y vi entrar a Mieres, que vino al mostrador. "Ordóñez nos está desplumando, parece que hiciera trampa", dijo, y le dio el número de su casa a la telefonista.

»"No es tramposo", dije yo. Por su trabajo, Ordóñez estaba acostumbrado a semblantear a los clientes. En un remate todo sucede a gran velocidad y el rematador debe saber adivinar por pequeños signos (un cabeceo, un leve gesto de las cejas) cuáles son las ofertas. Esa práctica –conjeturó Croce– le permitía conocer cómo se desarrollaba la partida, analizando la actitud corporal de sus rivales. La habilidad de Ordóñez se manifestaba en cuestiones que excedían los límites de las meras reglas. Silencioso, procedía a acumular cantidad de observaciones y deducciones. La mayor o menor proporción de información así obtenida no residía tanto en la validez de la deducción como en la calidad de las percepciones. La clave era saber qué se debía observar. El hombre no se encerraba en sí mismo; ni tampoco, dado que su objetivo era el juego, rechazaba deducciones procedentes de elementos externos a este. Examinaba el semblante de su rival, comparándolo cuidadosamente con el de cada uno de sus oponentes. Consideraba el modo en que cada uno ordenaba los naipes en su mano; a menudo contaba las cartas ganadoras y las adicionales por la manera en que sus tenedores las contemplaban. Advertía cada variación de fisonomía a medida que avanzaba el juego, reuniendo un capital de ideas nacidas de las diferencias de expresión correspondientes a la seguridad, la sorpresa, el triunfo o la contrariedad. Por el modo de levantar una baza, juzgaba si la persona que la recogía sería capaz de repetirla en el mismo palo y reconocía la jugada fingida por la forma en que arrojaban las cartas sobre el tapete.

»En medio de mis deducciones entró Domínguez y dijo contento: "Al canalla le dio un síncope, habrá sido de tanto ganar."

—El cadáver tenía un rictus raro en la cara, de sorpresa o de alegría, y dos marcas en las muñecas, como si alguien lo hubiera sujetado con fuerza. Mieres contó que Ordóñez había pedido tres cartas como quien tiene un par y luego había alardeado haciendo ver que los corría con la parada, pero cuando mostró las cartas se vio un póquer de ases. Domínguez tenía pierna de reyes y el boticario un *full* de sietes, así que los hizo entrar y las apuestas subieron en una escalada brutal, habían apostado hasta la camisa. Las cartas estaban dadas vuelta sobre la mesa y yo las vi al entrar en el patio.

»No me gustó nada el asunto y tuve un pálpito. Lo mataron, pensé, pero cómo probarlo. Usé una táctica que consistía en ponerlos a prueba y enfrentar a uno contra otro.

»Si Mieres estaba metido, podrían haber acomodado las cartas para fingir que por ganar tanto dinero le había dado un ataque, pero deseché esa hipótesis y deduje que Mieres no estaba implicado, así que me llevé a los dos a los cuartos de arriba del almacén y los interrogué por separado.

»¿Cómo me enteré? Si Mieres salió a las doce, ¿quién vio la escena? Nadie, yo la infiero –dijo Croce–, o mejor, la imagino. Luego tengo que probarla. Actué como un jugador de póquer que sin cartas hace una apuesta para que crean que ha visto lo que no ha visto. Es lo que yo llamo el crimen conjetural. Entonces los arresté a los dos y decidí interrogarlos por separado. En resumen, les dije: un hombre muere imprevistamente, prueben que no lo han matado ustedes. Les ofrecí el mismo trato, les expliqué las condiciones, no podían llamar a un abogado hasta que les tomara declaración. Seguí las reglas del póquer, nadie sabe las cartas que tiene el otro y juega a ciegas. Le dije a cada uno: el otro ya confesó y lo culpa.

–Ya entiendo –le dije–, todos son *a priori* culpables. Si A confesaba y B no, B sería condenado y A sería liberado.

–Así, si A confesaba y B no, B iría preso.

–Si A callaba y B confesaba, A recibiría esa pena y sería B quien saliera libre.

–Si los dos confesaban, ambos serían condenados.

–¿Y si ambos lo negaban? –pregunté.

–Una salida hubiera sido encarcelarlos por juego ilegal, pero no aludí al hecho y sencillamente los indagué por asesinato. Ellos sabían que la muerte producida durante una partida clandestina de póquer los implicaba y que sería un escándalo que ocuparía los titulares del diario del pueblo. En definitiva, usé mis métodos de inferencia silogística. Si un hombre muere en medio de una partida donde va ganando, la hipótesis de un asesinato es de sentido común. Para mejor, el farmacéutico tenía disimulada en una valijita la caja de las inyecciones y había una aguja que faltaba. Se defendió diciendo que había pasado por la casa de un paciente, un tal Antúnez, que certificó la coartada. El boticario era conocido en el pueblo porque vendía alcaloides sin receta. Pero aunque lo apuré, no pude probar nada, fue un crimen perfecto y con calma. El único crimen sin solución en mi carrera. A la mañana los dejé libres a los dos, fue una derrota en toda la línea –dijo tranquilo.

–Por ahí se murió de un síncope –dije yo.

–Sí –dijo Croce–, es posible pero no interesante.

Me tiré al río y anduve nadando un rato. Me gusta estar en el agua cuando oscurece. Después volvimos a la casa. Abrimos una botella de vino y la tomamos conversando sobre otro caso interesante, más bien extraño. Muy extraño, digamos.

II

Cuando murió Maneco Iriarte hubo un robo en el pueblo que conmovió a Croce. Estaba acostumbrado a lidiar con cleptómanos, cuatreros, ladrones de guante blanco y también con atracos a mano armada, pero esta vez se sintió implicado, casi como si hubiera sido un cómplice.

Había recibido la noticia de la muerte mientras patrullaba la zona costera del otro lado de la laguna. El principal Aguirre le pasó la novedad por la radio policial y Croce dejó lo que estaba haciendo y enfiló para el pueblo. Pero ¿por qué habían pasado la noticia directamente a su coche? Temían algo y le informaron para que se ocupara del caso. Todos sabían que habían sido amigos y rivales políticos, y cuando lo vieron entrar en la casa velatoria se hizo un silencio a su alrededor. Croce fue hasta la salita donde estaba el féretro y se acercó al cadáver. Estaba envuelto en una bandera argentina porque era (había sido) un destacado político conservador, el hombre fuerte del pueblo y del partido. Dos veces intendente y varios años senador provincial.

Había en el fondo de su vida una historia turbia, me dijo Croce esa mañana. Nos habíamos despertado temprano, ninguno de nosotros dormía bien en esos tiempos. Bastaba el rumor sordo de una lancha arenera para que el sueño se alejara. Esperábamos lo peor, pero manteníamos el buen humor a pesar de los sobresaltos que nos hacían levantarnos en mitad de la noche y asomarnos a la ventana que daba al río para ver si teníamos visita. De modo que esa madrugada estábamos en la galería tomando café mientras Croce me contaba otro de sus casos, como si quisiera que yo los escribiera o tal vez para que esas historias nos distrajeran del presente.

Cuando Maneco se fue a La Plata a estudiar Derecho, retomó Croce con voz tranquila, pasaron varios años sin que se supiera nada de él, hasta que inesperadamente volvió casado con una belleza embarazada. Una noche llegó al pueblo en el tren nocturno que seguía viaje al sur. Lo vieron enfilar hacia el centro en la madrugada, sin equipaje, seguido por un perro callejero que ladraba quejumbroso. Caminaba por la calle principal con un aire de revancha, altivo junto a la muchacha encinta, que se movía a su lado lenta y pesada, en la neblina del amanecer.

Maneco era muy sociable y estaba siempre en fiestas y reuniones. Su mujer, la bellísima y seductora Florencia Flores, era su antítesis, su revés, su contracara. Era una mujer solitaria, de pasiones fijas, pasaba los días sin salir de su casa, fumando y escuchando cantar a Carlos Gardel. Sintonizaba una emisora uruguaya que transmitía las veinticuatro horas del día canciones del zorzal criollo. Cuando nació el hijo, la madre lo sustrajo de la esfera paterna y lo cobijó bajo su manto, como si lo hubiera secuestrado. Le puso de nombre Florencio y lo trató como si fuera una parte de sí misma, mientras que Maneco tuvo con el chico una relación cambiante y conflictiva. Florencio creció lejos del padre y tan cerca de Florencia que todos empezaron a decir que no era hijo de él.

Croce había observado los hechos sin imaginar su desenlace. Una noche encontró a Maneco en el bar del hotel y el abogado había insistido en criticar a su hijo, y había concluido, apesadumbrado, que mejor era dejar que el muchacho siguiera su camino sin que él interfiriera. La madre había concentrado en su hijo toda su obsesión, tanto que cuando el joven fue a completar sus estudios secundarios en el Nacional Buenos Aires, ella se fue con él y pasó seis meses sola en la capital.

Florencio se convirtió en el loco lindo del lugar. Un poco dandy, no tenía interés en seguir el camino del padre y no aprovechaba su poder y sus relaciones. Su habilidad para imitar cantos de pájaros era un don casi sobrenatural y lo cultivó hasta convertirlo en una profesión. Primero actuó en fiestas en casas de amigos, pero luego comenzó a ser invitado por los pueblos vecinos y se fue de gira y actuó en teatros de la provincia como el alegre silbador. Una tarde dejó todo, se aburrió de los viajes, de los malos hoteles, de las horas vacías entre función y función. Volvió vencido y, como todo artista fracasado, estaba amargado, pero mantenía su capacidad creativa, solo que desplazada. Era un joven al que todo se le daba con tanta facilidad que pasaba de un oficio a otro con gran destreza. Fue ebanista, fotógrafo, barman, pescador, dibujante, periodista y en todos esos trabajos fue el mejor, pero se cansaba rápido y no perseveraba.

El joven era pendenciero, de mal carácter, muy consentido. No había ley ni maneras que respetara. Croce lo metió en el calabozo una noche de carnaval en la que Florencio, disfrazado de gaucho matrero y con una careta de tigre, casi mata a un forastero que había entrado en el baile del Club Social vestido como El Zorro. Florencio lo empezó a provocar y a insultar y el hombre no le hizo caso, pero el muchacho le tiró una vela encendida en la cara y casi lo prende fuego. ¿Por qué había hecho eso? No me gustaba esa mascarita con voz de falsete, dijo como toda explicación. La madre, altiva y atractiva, llegó a la comisaría a la madrugada y encaró furiosa a Croce.

Cómo se atreve usted, pobre gendarme, a tocar a mi hijo, le había dicho a los gritos. Nadie tiene coronita en este lugar, le contestó con calma Croce, que mantuvo al joven preso hasta mediodía. Bien hecho, se le escuchó decir al padre en el Club Social, a ver si se endereza de una buena vez.

En el velorio la mujer parecía aliviada y tranquila. Ahora tiene al hijo solo para ella, le dijo a Croce el cronista de sociales del diario. Florencio estaba en el costado, vestido de luto riguroso, oscuro y abstraído, con corbata y brazalete negros, con una actitud de congoja que sorprendió a Croce. Rara la reacción del joven, pensó el comisario, parece que representara el papel de hijo desesperado. Croce vio que en el salón confraternizaban los peronistas con los radicales y los conservadores como si se tratara de una fecha patria. No hay como un muerto para unir a la gente, pensó al salir de la pompa fúnebre. El finado, se dijo, no se hubiera sentido a gusto en esta reunión si hubiera podido abrir un ojo.

Croce no asistió al funeral pero se imaginó la ceremonia con todos sus detalles: el carruaje con el ataúd, los caballos negros, el conductor con galera y atrás el cortejo fúnebre que cruzaba las calles del pueblo y enfilaba hacia el cementerio viejo, donde se daba sepultura a los principales del partido. Imaginó a los deudos llegando a la bóveda de la familia, el discurso exaltando los méritos del muerto, el cura Anselmo leyendo salmos de la Biblia y diciendo un pequeño sermón, el cajón colocado en la casa de los muertos de la familia Iriarte junto a sus abuelos y sus padres, Florencio cerrando el panteón familiar con llave. ¿La había guardado en el bolsillo? Lo que no pude prever, dijo Croce, fue lo que sucedió después. Estaba cenando en el almacén de los Madariaga cuando me enteré.

El muchacho había estado bebiendo en el bar del Plaza exaltando las virtudes de su padre y contando anécdotas y sucedidos del muerto. Lo ensalzaba y lo enaltecía como si al no estar ya su padre se le hubiera encendido el amor filial. Era raro, pero más raro aún fue lo que hizo después. Al caer la noche salió con su camioneta y fue al cementerio, rompió las cadenas que bloqueaban la entrada con una pinza pico de loro y fue con la *pick-up* por las calles interiores del camposanto. Se detuvo ante la bóveda, bajó y abrió la puerta con la llave. Con una barreta forzó el féretro. Se cargó al muerto al hombro y lo acomodó en el asiento delantero. O sea, dijo Croce, que había planeado todo durante el funeral; no había sido un arrebato, sino un plan preparado con premeditada lucidez. Una acción lúgubre y luminosa. Después de años de conflictos y desavenencias, había descubierto la culpa y el amor filial. Las relaciones familiares son un pozo de sentimientos ominosos. Por amor, un hijo podía matar a su padre; por un saludo distraído, la madre podía incendiar la casa natal. Había visto tantas luchas y tantas reacciones intempestivas que Croce se había convertido en un moralista descreído que no se asombraba por nada. Usted ve familias felices que esconden turbias tormentas y familias que disputan por cualquier tontería y que por debajo son felices y armoniosas, me dijo esa tarde. Las relaciones de parentesco son las más difíciles de clasificar y de prever, todo puede suceder, suicidios por felicidad, asesinatos por amor, incendios provocados por compasión, así es la vida, concluyó metafísico Croce ese día al enterarse de que Florencio había estacionado la camioneta en el cementerio silencioso y había entrado a la bóveda de la familia con una linterna en la mano.

Lo podía imaginar, mejor, lo podía ver abriendo sigiloso y abnegado la pesada puerta labrada de la bóveda y entrando al helado recinto donde perduraban tres generaciones de cadáveres y donde él mismo tenía reservado un lugar. Se fijó bien para no equivocarse y el haz de luz se movió entre los catafalcos hasta alumbrar el ataúd envuelto en la bandera.

Hay que poner una luz acá por si uno quiere venir de noche, le diría Florencio a Croce más tarde en la laguna. La mejor hora para visitar a los muertos queridos es la oscuridad, le dijo. Hay que poner una lamparita que se encienda al entrar, ¿no le parece, comisario?, me contaba esa tarde Croce.

Así que entró iluminado por la linterna y se decidió a mover al muerto y cargarlo en el hombro. Salió de la bóveda y caminó unos pasos agobiado por el peso de su padre. Era una noche de luna llena, así que la silueta del hijo con el cadáver de su progenitor al hombro estaba alumbrada por la luminosa claridad lunar. Subió el cadáver a la camioneta y salió del pueblo hacia la laguna. Quería acompañar al padre en su primera noche en la muerte. Bajó al muerto y lo sentó apoyado en un sauce entre los yuyos. Había sido feliz ahí una tarde en que su padre lo había llevado imprevistamente a pescar. Florencio tenía doce años y su padre se metió en el agua con los pantalones arremangados y descalzo. Hijo, para pescar hay que mojarse las patas y todo es así, la vida es así, le dijo, y el chico no entendió lo que su padre quería decir. Ahora estaba en el mismo lugar y fue él quien se descalzó y entró en el agua, y le habló a su padre desde ahí. Hoy es viernes, le dijo al cadáver, y vine aquí para hacerte compañía. Croce lo buscó y, siguiendo las indicaciones de los que habían visto pasar la camioneta roja, llegó a la laguna. Bajó del auto y se acercó sigiloso a la orilla. Escuchó el canto de un jilguerito en la noche. Se movió guiándose por la melodía dulce que sonaba en la oscuridad. En la espesura, vio a Florencio sentado junto al muerto, imitando el canto del pájaro para acompañar a su padre en la muerte. Qué podía hacer yo, dijo Croce. No era un delito, y además conocía al ladrón desde que era un pibe, así que nos quedamos juntos en el borde de la laguna, entre los juncos y las totoras, quietos en la luz incierta del alba que empezaba a abrir en el horizonte. Estábamos como estamos nosotros ahora. El paisaje era el mismo, oíamos el rumor del agua y los pájaros que cantaban anunciando el día. Mi padre, dijo el hijo, no era un buen hombre, pero no es eso lo que cuenta en el momento de la muerte. Ve allá, y me señaló con la mano una estrella fugaz que caía. Ese es él, es mi padre, que se ha convertido en una luz en el cielo. Ya clarea, hay esperanza, pero no para nosotros. Era Croce el que lo dijo, o fue el hijo que velaba al padre. No importa, es igual, incluso pude ser yo mismo el que terminó la historia con esa frase.

III

A veces los muertos se intercambian. Un hombre por otro. Benito el Lento tendría que haber matado al patrón que lo había humillado pero en su lugar mató a un hombre de su clase, dijo Croce. Curioso, ¿no? Temen matar a un superior y se matan entre ellos, los pobres. Son los misterios del corazón, crímenes equivocados, diremos.

Esa noche habíamos puesto unos pescados a la parrilla y comimos en la galería que daba al monte. El rumor del río llegaba manso desde la orilla. El cielo estaba claro y la luna se reflejaba en el agua. Croce me había empezado a contar otro de sus extravagantes casos. Tomábamos vino blanco bien frío y yo prendí un grabador con su permiso.

—El muchacho, que se llama Benito pero le decían el Lento porque era tranquilo y hacía todo despacio, se quedó junto al cadáver hasta que llegué y me dijo: Yo lo maté, comisario, porque el hombre me faltó al respeto. Lo había matado con la guadaña filosa que usaba para emparejar el campo donde pastoreaban los caballos. Era domador, el joven. Había nacido en Pergamino y se fue acercando al pueblo domando a los redomones. Fue famoso en las jineteadas de los domingos, en las fiestas campestres, y al fin se conchabó en La Blanqueada, la estancia de los Ledesma, donde el patrón lo mandó a cuidar unos caballos árabes, muy elegantes y ariscos. Yo se los dejé mansitos y livianos del freno, y les hablaba y se venían conmigo para las casas,

146

dijo –contaba Croce–. Yo mismo los verifiqué, me dijo. Se le cruzaban los cables y usaba las palabras como si fueran de otro. ¿Dónde habrá aprendido ese verbo el desdichado? Tenía un modo de hablar extraño y como ajeno. Parecía que alguien tomaba la palabra por él, mezclaba los dichos de los paisanos con las citas bíblicas que le venían de la iglesia evangélica a la que lo había mandado su madre cuando murió su hermanita. El muerto se asustó del degollado, dijo esa tarde con el cadáver al lado, y después agregó: No hay que blanquear con cal viva las tumbas de los que han fallecido por mano propia, es decir, me dijo –contaba Croce–, los suicidas. Yo mismo los conduje a los animales hasta la feria en Bernasconi. El patrón la remató a toda la tropilla junta. Cuando volvimos al pago pasaron unos tres días sin que yo tuviera nada que hacer, hasta que una tarde lo vi entrar con unos ponis con crines y colas largas, unos caballitos enanos. Eran cinco y eran como de circo. No sé para qué los condujo. Usó de nuevo ese verbo –explicó Croce–, se ve que era medio raro el chico. Tendría dieciocho años a lo sumo. No sé para qué los condujo en mi presencia, repitió –contó Croce que le había dicho el peoncito–. Le decían el Lento. Me di cuenta después de conversar un rato con él de que era un poco lento de la cabeza, medio retrasado mental el hombrecito, por eso era bueno con los caballos. Tenía su ritmo, su mente era parecida a la de los animales. Con los perros era igual, les ladraba y los perros lo seguían como si el chico fuera uno de ellos. Tenía ese don, se entendía con los animales. Una muchacha, una chinita que vivía con él en un rancho en la estancia, atestiguó ante el juez que a Benito Muñoz, que así se llamaba el asesino de Soto, le venían también al hombro los pajaritos y comían de su mano. Él es un santo, había declarado la muchacha.

147

–¿Y qué fue lo que pasó? –le pregunté intrigado esa noche.

–Pasó –dijo Croce– que Ledesma, un viejo autoritario con mucho poder en el partido, que había sido senador por la provincia, le pidió que se ocupara de los caballitos enanos. De ninguna manera, patrón, le dijo lento el chico, no me voy a desgraciar amansando a esos caballos de calesita. Discutieron un rato. No me disimule, patrón, no voy a montar esos caballos enanos, mejor se ocupa de ellos usted, le había dicho, y el viejo Ledesma le cruzó la cara de un lonjazo, y el joven fue a entreverarse con los perros que le hacían fiesta y lo trataban como a uno de los suyos. Ledesma le ordenó al capataz, un tal Soto, que le dijera al Lento que afilara el campo de pastoreo. Hizo eso el chico al rayo del sol de la siesta de verano, y cuando Soto fue a decirle que por orden del patrón tenía que seguir con el campo vecino, el Lento se secó con un pañuelo rojo el sudor de la frente y le dijo: Vos sos un enviado de Satanás, y ahí nomás lo degolló. Cuando yo llegué seguía ahí junto al muerto, ladrando con voz queda como un perro, o mejor –dijo Croce–, como un cachorrito guacho.

»¿Qué vamos a hacer, Benito? –le dijo Croce–. Encarcéleme, comisario, con el castigo voy a salvar mi alma. ¿O no estaban los ladrones y asesinos junto a Jesús, el Cristo, en la cruz? Pensó un rato y luego, como si extrajera una piedra de su cerebro, agregó: El que habló con el crucificado se llamaba Barrabás.

»Seguimos ahí bajo el sol que declinaba. Mi hermanita murió a los cinco años y yo ya no tuve consuelo. Por eso mato, señor. Le confesaré, ya que estamos, que en Chivilcoy también maté a un viejo porque me desdibujó con un apelativo injurioso que no pienso repetir. El viejo se llamaba Iñíguez pero le decían el Lobo. Lo maté en un descampado, y también maté a un hombre que no sé cómo se llama en Santa Rosa, provincia de La Pampa, porque me empujó al salir de un boliche. Eso hice, comisario, por cuidar mi dignidad. Era un pobre muchacho de buen corazón, pero también era un asesino desalmado y un matrero. Actuaba como un perro cimarrón. La gente no es de una sola calaña, nadie es solo un asesino, nadie –repitió– es de una sola manera, pero el Lento fue el más extraño de todos los criminales que traté. La muerte de su hermana lo desquició. No era malo, era un idiota, y se comportaba como un animal que no piensa y mata por instinto. El muerto se asusta del degollado, fue lo que dijo y repitió esa tarde, como si rezara la frase dicha una y otra vez, pobre Cristo, hasta que llegaron el patrullero y la ambulancia. Él se fue manso y al degollado lo cargaron en el coche blanco.

»Sí, el muerto se asusta del degollado. ¿De dónde viene ese dicho? –se preguntó Croce–. En el siglo XIX se le aplicaba a los rivales la refalosa y quizá en el averno un muerto recién llegado se encontró con un fantasma sin cabeza y se asustó. Cómo no, me lo puedo imaginar. Es lo mismo ahora.

–Ahora es peor –le dije.

IV

En esos días en el delta del Paraná, fuimos tejiendo las historias de Croce, pero también se entreveraron, como no podía ser de otro modo, los sucedidos y aventuras de la situación actual. ¿Cómo sobrevivir en medio del caos?

–En la desesperación se empezaron a hacer cosas en forma indiscriminada –dijo Croce–, y estar perdido en la noche, dormir al sereno, sentirse en el aire lo hace pensar a uno y buscarles un sentido a las cosas. ¿Qué pensaba yo en ese momento? Ser un policía y ser un delincuente son las dos caras de la misma moneda. Usted ve gente vencida y contrariada y piensa: ¿dónde estoy? Uno ve todos esos asuntos sin razón y se desanima. Son situaciones insostenibles y yo ya no tengo edad para andar en la lucha. Estoy cansado, pero se ven calamidades que no tienen parangón con nada que uno haya vivido. Hay que escapar y esperar a que aclare –me dijo.

»Yo anduve perseguido. –Hablaba sosegado Croce, y agregó–: No me quise ir de la provincia de Buenos Aires, que era mi territorio. Con los compañeros nos movíamos de noche por el campo como fantasmas. A veces de a caballo y a veces de a pie, y cortábamos los alambrados y dormíamos de día. Anduve a salto de mata y me hice llamar Leiva, y me movía con papeles falsos e hice de todo para resistir.

»Pero se fue poniendo peor día tras día, matan a la gente decente, estos canallas ni los fusilan, los hacen desaparecer, pobres cristianos que caen en manos de estos bárbaros uniformados.

Se detuvo un momento a encender uno de sus apestosos toscanitos y luego dijo:

–Cuando uno está metido en crímenes y delitos y anda buscando a fugitivos, se le endurece el corazón y se le nubla la vista. Pero si pasa del otro lado y se vuelve un perseguido, comprende mejor la vida. Todo es turbio y malvado en la existencia. La línea del mal y el bien es frágil y se va de un lugar a otro en un suspiro. Yo me voy a ir del país –dijo esa noche–. Pensaba cruzar el río con una lancha. Doña Jacinta, una compañera –dijo Croce–, conoce a un lanchero que me va a cruzar en cuanto pueda. Hay que esperar una noche sin luna y en lo oscuro me he de ir. ¿Cuántos y cuántos paisanos no han cruzado el charco y se han refugiado en la

Banda Oriental? Como decía Fierro, «es triste dejar el pago y vivir en tierra ajena» —recitó grave Croce—, pero me la tienen jurada el fiscal Cueto y otros sicarios. Por no darles gusto, voy a escapar.

Nos fuimos a dormir esa noche con las historias de Croce zumbando en la cabeza. Me acuerdo que soñé que estaba en La Plata y había ido a visitar a alguien que estaba en el manicomio de Melchor Romero, y el interno me decía: «Estamos fritos, Emilio, estos son todos guanacos.» Me desperté y me fui a sentar a la orilla del río para despejarme y esperar a que amaneciera. Unas horas después, yo tomaba la lancha colectiva y me alejaba por el río. Croce estaba en el muelle con una mano alzada y siguió ahí, alto y sereno, hasta que lo perdí de vista. Nunca más lo vi, se perdió en el Uruguay. Quizá murió o quizá sobrevivió a su manera, viviendo con poco, solo e invicto, metido en sus pensamientos.

11. LA RESOLUCIÓN

Vamos a analizar un caso y tratar de sintetizar el modo de trabajar de Croce. Quiero destacar dos aspectos en el sistema de investigación del comisario. Primero, su extraordinaria capacidad de observación. Actúa como un rastreador, uno de los saberes básicos en el campo argentino es la capacidad de seguir rastros y de leer signos y pistas. Por ejemplo, con solo morder una brizna de pasto, por el sabor del yuyo, Croce es capaz de identificar con exactitud en qué estancia y en qué zona de la pampa está. Sabe leer detalles mínimos y sus observaciones son de tal exactitud que asombran.

Su segunda virtud es la deducción arriesgada, su talento para lo que los lógicos llaman las inferencias hipotéticas, una disposición casi adivinatoria para sacar conclusiones conjeturales y seguir esas conclusiones inciertas hasta el final, o lo que Croce llama sus corazonadas o pálpitos.

Otra gran cualidad de Croce, como se verá en este caso, es su posibilidad de pensar con las categorías de su rival, pensar con la cabeza del asesino, y seguir conceptualmente sus pasos (mentales). Esa intuición para razonar como si fuera otro es una clave en este problema. Veamos este caso ejemplar de Croce. Un banquero fue asesinado en su casa de campo.

1

Una tarde, Croce recibió una carta de la jefatura en la que le pedían ayuda para resolver el asesinato de Torres, cuyo cadáver había sido encontrado en su casa que daba a la laguna.

2

Además de tener amplios conocimientos sobre la zona (completos y detallados), Croce verifica que la noche anterior ha llovido después de un mes de sequía. Un poco antes de llegar a la dirección dada, baja de su auto y hace un trecho a pie. Observa así las roderas de un carruaje en el barro, delante de la casa donde se ha cometido el crimen. La distancia entre las ruedas indica que se trata de un sulky de trote usado en las carreras. Croce me informa que el sulky se destaca por su sencilla construcción y escaso peso, y eso se ve en las marcas dejadas por las ruedas. Croce, que las ha hecho fotografiar, me muestra un ligero desvío, nítido cuando miramos la foto con una lupa.

De estos datos, saca la conclusión de que el carruaje llegó probablemente durante la noche y fue abandonado sin que nadie lo vigilara. En ese punto, es probable que una vaga hipótesis haya comenzado a tomar forma en su mente: que el conductor del carruaje está de alguna manera implicado en el asunto. Croce busca otras huellas, observa meticulosamente las pisadas en el sendero que conduce a la casa y distingue, entre otras, medio tapadas y por lo tanto más antiguas, las de dos sujetos, uno con botas con puntera cuadrada y otro con taco fino. Croce deduce que las botas con puntera cuadrada pertenecen a un hombre joven, puesto que atraviesan de una zancada un charco de un metro veinte de ancho, mientras que las otras han dado un rodeo. De esto concluye que dos personas entraron en la casa antes de que lo hiciera nadie más (quizá, por lo tanto, durante la noche). Uno es alto y joven y el otro, por la liviandad de las huellas y por el tipo de calzado, puede ser una mujer.

¿Cuánto pesa?, se pregunta. Unos sesenta kilos, concluye.

3

Croce se encuentra con el casero y le pregunta si alguien ha llegado en auto esa mañana. Don Ruiz, que así se llama, dice que no. Esto confirma la hipótesis de que los dos sujetos llegaron por la noche en un sulky.

4

Entra en la casa y ve la escena del crimen con el cadáver. De inmediato, encuentra una nueva confirmación: el hombre de las botas con las puntas cuadradas es la víctima. De aquí a imaginar que el asesino es la mujer hay un corto paso, puesto que la víctima debe ser uno de los dos.

En la cara del muerto el asesino dejó una revista mexicana de cómics abierta en la historieta *El Zorro* y Croce ve en la pared escrita con sangre la letra Z. Me las tengo que ver con un bromista, se dice. Varias veces se ha enfrentado con asesinos cuya perversa pulsión criminal los convierte en chistosos muñecos barrocos que dejan rastros de su demoníaco humor. ¿Está ante un caso como esos o se trata de una pista falsa para desviar la atención? ¿Y si las botas de mujer las calzara un hombre? ¿Un alfeñique de cuerpo enjuto y pies pequeños? ¿Un satírico y malévolo agente o cómico del mal? No es la primera vez que se enfrenta con uno de esos títeres malvados de motivación alegre, un payaso envenenado que se disfraza y urde escenas absurdas para divertirse a costa de las así llamadas fuerzas del orden. ¿Un criminal que apueste al delirio y al desorden? Alguien como yo, piensa Croce, mi doble, mi otro yo que mata por sus razones pero que desafía la ley mofándose de la lógica. Toda esta cadena de asociaciones no le han llevado a Croce más de un minuto, así que mientras infiere estas hipótesis (un retrato psicológico del posible asesino, digamos) no deja de registrar el cuarto.

5

Croce observa después diversos detalles que le sugieren algunas deducciones:

a) El muerto tiene el rostro alterado, con una expresión de odio y de terror.

b) De sus labios se desprende un olor ligeramente amargo. El cadáver tiene un profundo tajo en la garganta, como si primero lo hubieran obligado a ingerir veneno y después le hubieran cortado el cuello.

c) Como ya vimos, en la pared aparece garabateada con sangre la letra Z. Croce llega de inmediato a la conclusión de que se trata del signo que se asimila al vengador enmascarado de la leyenda y deduce que el motivo del crimen es una venganza, o quieren que él piense eso para desviar las investigaciones, porque nadie en su sano juicio se hubiera tomado el macabro trabajo de usar la sangre del muerto para escribir una letra. No ha usado el dedo. Luego de una rápida requisa encuentra un pincel de los que se usan para dibujar con tinta china caracteres pictográficos del alfabeto chino. Tinta china y caracteres chinos. Ahí hay algo, se dice.

d) Encuentra un anillo encima de la víctima. Esto lo lleva a imaginar que tal vez el objeto haya servido para recor-

156

darle a la víctima una mujer muerta o lejana. (Croce, además, sabe enseguida, sin decirme por qué, que el anillo ha sido olvidado por el asesino y no dejado deliberadamente.)

e) En el suelo hay huellas de sangre, pero no hay rastros de lucha. De esto Croce concluye que la sangre pertenece al asesino, dado que sabe que los individuos femeninos son a menudo propensos a sangrar bajo el influjo de una emoción fuerte. Pero todo eso se pudo haber fingido para hacer creer que se trata de una mujer en uno de sus días difíciles. Formula la hipótesis de que el asesino es un hombre vestido de mujer que se ha hecho una herida y que su sangre es una pista falsa. Quiere que yo crea que es una mujer, piensa Croce. Encuentra un bolso de lona que huele a perfume femenino. ¿Habrá traído ahí su ropa de mujer y después de matarlo se disfrazó? Quizá, piensa Croce, todo es confuso y embrollado.

6

Llegado a este punto, Croce pasa a examinar atentamente toda la estancia, ayudado de una lupa y una cinta métrica.

a) Observa las huellas de los tacos y mide los pasos y el número de estos. De ello infiere (mediante cálculos que él conoce) la talla de la fingida mujer, y establece que ha recorrido la estancia varias veces de un extremo al otro en una gran agitación, dado que la longitud de sus pasos ha ido aumentando.

b) Observa un montoncito de ceniza en el suelo y, por ciertas características, establece que se trata de ceniza de un cigarro Lucky Strike.

7

Croce va a visitar al policía que ha descubierto el cadáver durante su ronda nocturna y lo interroga. Esto nos da una prueba de que Croce piensa en el cochero como responsable del crimen: le pregunta si al salir de la casa donde encontró a la víctima se cruzó con alguien en el camino y, al enterarse de que ha visto a una mujer, le pregunta si por casualidad llevaba un látigo y si vio un coche. El policía responde negativamente a ambas preguntas y describe a la mujer como alterada y embozada. La apariencia de la mujer hace que el vigilante la deje ir sin problemas. Esto confirma adicionalmente la hipótesis de Croce: el asesino es un hombre vestido de mujer.

—¿No sería un varón? ¿No vio algo raro en la chica que iba sola en ese descampado?

—Negativo —contesta el agente.

8

En este punto, una vez abandonada la escena del crimen, Croce envía un telegrama. Nunca revela por qué envía el telegrama, pero luego me dice que pidió a La Plata, la ciudad natal de Torres, información sobre su matrimonio, con el fin de poner a prueba la hipótesis sugerida por el anillo, es decir, que hay implicada una historia sentimental. Estaría complicada la supuesta mujer en el crimen. La jefatura está segura de que sí, pero Croce no comparte.

—El criminal —me dice— quiere que pensemos que es una dama, pero yo no acepto esa conjetura.

—¿Y en qué se basa? —le pregunto.

—Bueno —me dice—, cincuenta por ciento de intuición y cincuenta por ciento de lógica. Es demasiado evidente que quiere que pensemos eso.

9

Croce pone un anuncio en el periódico a nombre mío en el que informa que ha encontrado un anillo de oro en las cercanías de la laguna. Intenta, mediante esta estratagema, atraer al asesino, incapaz de imaginarse que un ciudadano corriente haya podido relacionar el anillo con el asesinato, anillo que por lo tanto debió perder en la calle. En resumen, la estratagema fracasa, porque quien acude por el anuncio no es el individuo enjuto, sino una anciana, que recoge el anillo y consigue zafarse de Croce.

10

Con el argumento de que el domicilio de Torres es el de la capital y que su quinta en el pueblo es una casa de fin de semana, la Policía Federal interviene en el caso y margina a Croce, que sin embargo sigue investigando por su cuenta. Se lanza sin vacilar sobre otra pista: ha llegado a la conclusión de que un *jockey* es el asesino. Supone, además, que el *jockey* no ha dejado su actividad para no levantar sospechas a los pocos días del crimen.

11

En este punto, tiene lugar un golpe teatral: se descubre una nueva víctima, apuñalada en el corazón. Se trata del secretario de Torres, a quien no había sido posible localizar. Este asesinato también ha sido firmado Z. En el contexto de la historia, el nuevo crimen parece desmentir todas las hipótesis. En la casa del secretario Núñez, los federales se encontraron una carta escrita a máquina y firmada «Eduarda», en la que se insinuaba que Torres y Núñez mantenían con la mujer un trío sexual con cama redonda incluida, dijo el inspector federal, y que la mujer los había matado por despecho y para liberarse de la enfermiza relación.

Croce no cree en esa versión. Demasiado fácil, me dice con sorna. En realidad, si se examina bien, el hecho confirma los pálpitos de Croce.

a) Un vecino ha visto escapar al asesino y confirma que se trata de un hombre enjuto y de complexión delgada.

b) Una llamada de Rosa, la bibliotecaria, le confirma a Croce que Torres era un jugador compulsivo, que participaba en las carreras de trote y que era dueño de un caballo ganador.

c) Una cajita que contiene dos píldoras confirma el uso (esta vez, el intento de uso) de veneno.

12

Después del segundo asesinato, la Policía Federal está convencida de que la asesina es una mujer de nombre Eduarda, pero esa noche el peoncito que cuidaba a los caballos aparece muerto con otra cuchillada certera y con el aroma de veneno en su boca. En la pared del cuarto de pensión está dibujada la previsible Z y en la oreja izquierda del chico le han colocado un arete de mujer. Es el bromista una vez más, decide Croce. ¿Qué tienen en común estas tres muertes? Hay dos planos acá, los motivos del crimen son recubiertos por la mascarada y la parodia. Un bribón que usa el humor para distraer y disfrazar sus intenciones.

13

Entonces Croce decide ir al hipódromo que está a medio camino entre el pueblo y Tandil. Una pista oval de 1.600 metros, o sea de una milla inglesa, donde se corren carreras de sulkys y mucha gente apuesta fuerte. Croce se interioriza en la forma de la competencia. Las carreras de sulkys se corren generalmente por *heats*, y se proclama ganador el que consigue los dos mejores de tres *heats* o los tres mejores de cinco. Se conceden descansos suficientes para que los caballos tengan tiempo de refrescarse después de cada *heat*.

14

En el descanso Croce baja a la pista y, por las huellas que ha hecho fotografiar, deduce que el sulky que busca tiene flojo el fleje. Tiene flojo el fleje, recita Croce en voz baja. ¿Por qué flojo el fleje? Para darle más control al conductor a costa de un trote más duro, porque el carro no tiene ya suspensión. ¿Entonces? No es posible buscar señales en la pista, es un embrollo de marcas cruzadas, pero puede ver los sulkys que paran veinte minutos entre cada *heat*. Tiempo suficiente, se dice. Se agacha a mirar y comprueba que dos carros tienen flojo el fleje, el 56 y el 44. Un tal Cristaldi y un tal Sibelius. Va a la zona de descanso y ve un enjambre de hombres flaquísimos y de corta estatura que descansan tirados en colchonetas sobre el piso de un galpón que da sobre la pista. No puede identificar al que busca y vuelve a las gradas.

15

Cuando se reanuda la carrera, decide que el suyo es el 44. El *jockey* viene revoleando la fusta y mira a los otros conductores con una actitud de soberbia teatral. No puede con su genio histriónico. Además, en vez del gorro con visera va con una ridícula gorra de vasco blanca. Le gusta hacerse notar al muy bandido, piensa Croce.

16

Antes de que termine la carrera va a las oficinas del hipódromo. Ahí comprueba que el fulano que busca es Sibelius. Un gran *jockey*, pero un fanfarrón y un pendenciero. Rápido sabe que el tal Sibelius había apostado contra sí mismo y había ido a la retranca para perder. Se lo contó el gerente, un hombre bajo y gordo encargado de pagar las apuestas.

No le cuesta demasiado trabajo comprobar con los empleados del hipódromo que Sibelius había ido a menos en una carrera muy importante. Se decía que Torres había perdido mucha plata, mientras que el *jockey* había ganado una fortuna apostando contra sí mismo. No es seguro, pero Croce compra, como se dice, esa versión y ve ahí, en esa deuda y en esa tramoya, la motivación del crimen. Uno que apuesta contra sí mismo y pierde deliberadamente una carrera calza bien en el perfil psicológico del siniestro bromista.

–Está bajo observación y es probable que lo descalifiquen, y que esta sea su última participación en nuestras pruebas hípicas –le dice el gordinflón–, porque es una oveja negra. Aunque clasificado como profesional, lo nuestro tiene un espíritu amateur. Muy frecuentemente los conductores son los mismos dueños, inteligentes jinetes, que se hacen viejos en su profesión.

–Entonces, ¿Sibelius es el dueño del caballo?

–No –le contesta el hombre obeso–. El caballo y el sulky eran, o son –se rectifica–, del finado Torres.

Ya lo tengo, piensa Croce, está claro como el agua.

17

Le gustaba hacerse notar y eso lo perdió. Cuando volví al galpón lo vi chacoteando y haciéndose el payaso. Lo encaré y se le cayó la careta, no imaginó que yo estuviera tan cerca. Es típico de estos maníacos que si uno les descubre la mascarada caen como chorlitos. No bien me di a conocer se aflojó como el fleje.

–Sos un maestro –le dije, y mordió el anzuelo–. ¿Cómo hiciste para convencer a Torres para que fuera con vos esa noche a la quinta?

–Muy fácil –alardeó–. Le capté la psicología. Era un avaro y un jugador compulsivo, así que yo le venía como anillo al dedo. Vamos ahora, le dije. Tenemos que arreglar cuentas. Estaba bajo mi influjo, me pasa a menudo. Tengo como un poder magnético. –Estaba loco, chiflado y convencido de que era un ser superior–. Yo lo tuteaba y él me trataba de usted. Está listo, cocinado, pensé.

–¿Y cómo hiciste para que subiera al sulky? –le pregunté.

–Le dije que estaba lloviendo y el auto se iba a empantanar.

–¿Y por qué mataste a Núñez?

–Porque él podía cobrarme la deuda de juego. Pedir la plata que yo le debía a Torres.

–Sí, entiendo, ¿y vos escribiste la carta?

–Afirmativo –dijo Sibelius.

–¿Y al chico por qué lo mataste?

–Para confundir a los pesquisas.

–Una última cuestión, ¿y las pastillas de veneno por qué las pusiste?

–Por joder.

18

En resumen, detuvo al *jockey* y lo llevó al calabozo: se trataba del asesino. Todos los policías de la capital quedaron asombrados. Croce, siguiendo su misterioso hilo rojo, ha llegado a la prueba final, que confirma todas sus hipótesis. El *jockey* confesó en el acto.

–Es raro que hayan ido juntos en el sulky a la casa esa noche –le dije.

–Eso no tiene explicación lógica –me dijo Croce–. La lógica no tiene cabida en la cabeza de Sibelius. Le dijo que estaba lloviendo y lo convenció. Es irracional, es absurdo. En todos los casos hay un punto oscuro, sin motivación, azaroso. Los crímenes tienen una lógica perversa.

–¿Y la tinta china y los chinos? –le pregunté.

–Me extraña –me dijo el comisario–. El caballo se llama Shanghái y el caso está cerrado –concluyó.

19

–Un treinta y tres por ciento de los crímenes –dijo Croce– son pasionales y se dan en el medio familiar. Otro treinta y tres por ciento son crímenes obligados, es decir, tienen motivaciones fuertes. El treinta y tres por ciento restante son crímenes cometidos por tipos delirantes que se inventan una motivación, pero en realidad matan porque les gusta y se inventan después los motivos. Y esos son los más interesantes y son los que nosotros, o mejor, yo, tratamos de resolver. Están llenos de detalles que no tienen función. Por ejemplo, dejar el sulky en las caballerizas de la quinta y volver a buscarlo a la madrugada. ¿Cómo se fue? Llamó a un taxi desde la estación de ferrocarril. Son maniobras sin sentido, como dice un amigo, primero está la voluntad de matar y luego buscan a la víctima y encuentran la razón.

–¿Y el uno por ciento que queda suelto?

–Esos los resolvemos de chiripa. Son invisibles. En sus relatos póngales, si los escribe, los crímenes invisibles –concluyó–. ¿Vamos a tomar una cervecita?

–Cómo no –le dije, y salimos a la calle y enfilamos para el almacén de los Madariaga.

12. EL MÉTODO

En los años en los que frecuenté al comisario Croce, había tomado notas e incluso lo había grabado, de modo que un tiempo después tenía una larga lista de frases, acontecimientos y curiosidades del genial investigador. Anoto aquí algunos de ellos.

El destino verdadero de un kantiano es la escuela de policía.

El doctor Amuchástegui se empezó a recluir. Nadie supo lo que estaba pasando. Decía tener una deformidad en la cara. Croce fue a verlo una tarde, el médico se tapaba el rostro con un trapo, lo sostenía con las dos manos alzadas como si fuera una cortina. Yo haría lo mismo, dijo Croce.

Una mosca zumbaba en el aire, Rosa le había puesto de nombre Margarita. Viene siempre a esta hora, dijo. Ella dice que es una sola y siempre la misma. Croce no lo acepta y dice que es demasiado platónica. Sería la mosca esencial.

–Claro –dice–, la cristalización de la especie.

—Hay muchas moscas.

—No —dice ella—, es única.

Al final apareció muerta en un vaso de agua y no hubo más moscas ese verano.

La mente de Croce opera mediante asociaciones. Su método es más refinado, un mecanismo aparentemente más suprasensible que los procesos habituales del cálculo racional. Participa de lo irracional, y por consiguiente es la clase más alta del raciocinio, puesto que Croce no es esclavo de sus propias premisas. Puede recurrir y entregarse a las cadenas asociativas del pensamiento intuitivo, esa red milagrosa de símiles que el resto de nosotros hemos recubierto con el macilento vendaje enyesado del pensamiento consciente y racional. Por eso Croce es mucho más sofisticado en la resolución de cuestiones intrincadas, precisamente porque está mucho más próximo a los orígenes del ser de las cosas. Su mente, al operar mediante analogías metafóricas, combina intuición poética con exactitud matemática.

Resumen

1) Saber antes de actuar.

2) La índole del objeto en examen debe dictar la índole de las pesquisas.

3) Hay que demostrar que las *aparentes imposibilidades* cruciales son posibles.

El arte del desciframiento es tan complicado, tan irregular, que apenas puede seguírsele llamando desciframiento. Yo propongo llamarlo el arte de la adivinación.

Croce dijo: Busco el pensar austero. Nadie es dueño de sus pensamientos. No existe algo como las ideas propias,

166

pensar es apropiado o no es apropiado. El pensar no tiene nada que ver con la propiedad privada, concluyó.

En la cuestión de la justicia, Croce usaba una pregunta sencilla. De no existir la ley, ¿vivirías del mismo modo? Si la respuesta era sí, el comisario consideraba que el sujeto era peligroso, y si la respuesta era no, consideraba que el hombre o la mujer era una persona honesta.

Las apariencias *no* engañan, son la base de mi trabajo, dijo Croce. Manchas de *rouge* en un pañuelo, cenizas en la chimenea, la huella de un zapato en el barro son lo único que tenemos. La verdad se manifiesta por sí sola. No hay nada oculto, no tiene ya sentido que esperemos encontrar rastros escondidos bajo la alfombra. Yo busco lo igual. El parecido en la superficie. El modo en que aparece y se manifiesta en lo similar y en lo que se repite, lo cierto.

El crimen es una cuestión de diagnóstico. ¿Qué es un diagnóstico? He ahí la cuestión.

Es necesario cambiar la escala, detenerse en el detalle irrelevante. Me interesa lo que solo se ve con lupa. Un hombre usa ligas en las medias, partir de ahí. Es arcaico, es tradicional. ¿Dónde pueden comprarse ligas en el pueblo? Y también los múltiples sentidos del verbo *ligar*. Es preciso aislar el objetivo, practicar la microscopía, o mejor, la microhistoria. No generalizar, no ver el conjunto sino al final. Los intereses generales de los proxenetas, los artistas del ligue en la provincia de Buenos Aires. Una cadena de prostíbulos se deduce a partir del cadáver, un hombre que salió y usa ligas en sus medias. Vamos de lo particular a lo universal.

La pequeña invención irrisoria. En qué momento se inventó el saludo militar, hacer la venia a los militares. Se levantan temprano y se saludan unos a otros poniendo la mano derecha rígida a la altura de la sien. ¿Cómo surgió ese ritual? Quizá, dijo Croce, las primeras formaciones militares patrullaban las zonas pantanosas y el gesto de espantar a los mosquitos se convirtió en un saludo marcial.

La condición de todo comportamiento criminal es la inacción. Moverse poco, la lógica del menor esfuerzo es la base de la actitud delictiva. Matar es la salida más económica ante la proliferación incesante de la vida cotidiana. El asesino tiende a la inacción. Matar es la forma más natural de estar quieto. Por ejemplo, el dentista que mató a su mujer, a su suegra y a su hija para no tener que mudarse. Las mujeres le hacían la vida imposible, según dijo, pero cambiar de casa era inconcebible. Andar por la ciudad buscando un departamento o una casa le resultaba excesivo. Así que para no moverse las mató a las tres.

Croce utiliza una buena dosis de proyección, toma en cuenta las asociaciones que él habría realizado en una situación semejante, atribuyéndolas al asesino. Lo que él llama *pensar descentrado,* o mejor dicho, *pensar con la cabeza del otro.*

En un internado religioso en Del Valle, un pueblo cercano a Bolívar, se había cometido un crimen. Croce llegó en su auto a media mañana. Lo recibió el padre Atilio, responsable del seminario jesuita. Era un cura gordo de cara redonda y parecía muy afligido. Lo llevó al superior de la orden, el padre Anselmo, un hombre altísimo y muy flaco. Son antitéticos, pensó Croce, uno es obeso y el otro desnutrido, uno convulsivo y el otro flemático. Cuando encaraba un caso todo le parecía sintomático y hacía hipótesis continuamente. El gordo, por ejemplo, le pareció más peligroso que el flaco.

Croce fue conducido al lugar donde había sucedido el hecho, el desgraciado suceso, como le dijo compungido el padre Anselmo. El convento pertenecía a la Compañía de Jesús, una organización casi militar que suscitaba en Croce una mezcla de admiración y rencor. Sabía bien la influencia que los jesuitas tenían en la región.

El crimen se había cometido en el dormitorio común, el cadáver del seminarista Urban permanecía en la cama. Dos cuchilladas certeras en el pecho, o mejor dicho, en el corazón, habían terminado instantáneamente con su vida. Lo que primero lo impresionó fue que las heridas parecían hechas con un bisturí, sigilosas y precisas, casi no habían sangrado.

El muerto estaba rígido y helado, por lo que Croce dedujo que el hecho luctuoso había sucedido entre las dos y las dos y cuarto de la madrugada. Razonó un poco al voleo, pero tuvo la certeza de que todos estaban dormidos. Croce interrogó a los seminaristas, nadie había oído nada, pero los que ocupaban las camas vecinas, dos a la izquierda y dos a la derecha, habían tenido sueños concéntricos y simétricos, era extraño.

Croce los nombró A, B, C y D. Los que flanqueaban la cama del finado eran A y B y los más alejados eran C y D. Prefería esas abstracciones alfabéticas para que no lo perturbaran los nombres y la impresión psicológica. Croce aisló a los cuatro pálidos jóvenes y les pidió que le contaran lo que habían soñado. Los interrogó en la sacristía.

Los cuatro habían soñado con un cuervo, los cuatro se habían encontrado en sueños con el mismo motivo. Por otro lado, esos pajarracos de mal agüero eran infrecuentes en la región. Un cuervo picoteaba un trozo de carne, le había dicho B. Había una luz que inundaba al pájaro, dijo el seminarista C. Esa luz venía del pico del cuervo. Un brillo blanco se reflejaba en el metal, dijo D. Anotó los sueños en un papel y de inmediato vislumbró dos cosas. Cuervo se les dice a los curas por su sotana negra y la luz era la de una vela o una linterna. Un sacerdote con una luz en la mano y un cuchillo en la otra había entrado en el dormitorio. Los durmientes lo habían sentido en la oscuridad y esa amenaza se había transformado en el pájaro negro y el haz de luz.

El seminarista A se sintió ofuscado porque al contarle su sueño no pudo recordar una palabra. La tengo en la punta de la lengua, le dijo, y pasó a describir el objeto olvidado: En un velador es lo que cubre la bombita, a veces están hechas de piel, y una vez mi padre me dijo que en Alemania las hacían con piel humana. No pudo recordar la palabra y yo me abstuve de decirla, de modo que se fue confuso e incómodo, dijo Croce.

Había diez curas en ese convento, les pidió, educado, que por favor no se alejaran del lugar y le dieran sus apellidos porque todos eran sospechosos del crimen. Hizo una lista con sus apellidos. Hacía esto para ponerlos nerviosos.

Hubo un alboroto, los curas son como niños, y empezaron a gorjear y a danzar a mi alrededor negando con la cabeza y protestando, y me señalaron al jardinero, que, según ellos, era el principal candidato al crimen.

—¿Motivo? —pregunté.

—El dinero —me contestaron a coro.

Cuando me dirigía a la casita del jardinero, una figura se asomó en lo alto de una ventana del seminario. Era A. El joven había recordado la palabra y me la decía con señas, y con un movimiento de los labios musitó la palabra «pantalla», pero lo hizo con una pausa entre las sílabas de modo que lo que dijo sonaba así: pan-talla. Luego me pareció o imaginé que en la pausa me había hecho una O con los labios. Pensé de inmediato en la talla, es decir, el tamaño de alguien, y en pan, que asocié con el nombre de uno de los sacerdotes, que se llamaba Anselmo Pano, el jefe de la congregación, el hombre de talla alta. Ya está, pan más la O es Pano. No fui yo quien resolvió el caso, sino ese chico, el seminarista al que he llamado A.

Después supe por algunos empleados civiles (el jardinero, el lechero y el sereno) que Pano mantenía una relación rara con el joven Urban, quien se había decidido a abandonar la orden y retirarse a la vida privada. El alto y flaco sacerdote no había soportado la pérdida y lo mató. Siempre son extraños los motivos de un asesinato, y más aún si se trata de jesuitas. Los designios del Altísimo son inescrutables, me había dicho el cura.

Cuando lo interrogué me dijo que no recordaba nada de esa noche. Se había retirado a dormir a las diez y a las seis de la mañana, cuando iba a rezar a la capilla, lo distrajo el alboroto. Eso, padre, le dijo Croce, cuénteselo a su abogado.

«Un caso de sonambulismo», tituló el diario del pueblo. El padre Anselmo confesó que lo había matado dormido. Resolví el misterio interpretando el sueño de los testigos, y el asesino también se refugió en un sueño. Un típico ejemplo de onirismo católico, concluyó Croce.

–¿Y yo? ¿Con qué sueño? –se dijo–. Nunca con cuervos; con calandrias, gorriones y torcacitas sueño yo.

El vigilante, el que vigila, ¿qué?, o mejor, ¿a quién?

En la investigación criminalística hay que distinguir entre el ver y el decir, afirmó Croce. Son modos distintos de acceder a la verdad, dos regímenes de conocimiento. Por ejemplo, en la noche veo una luz que titila en el campo, recurro al largavista, instrumento óptico, y verifico que a lo lejos un auto con las luces prendidas se acerca y que el conductor parece dormir abrazado al volante. ¿Está borracho? Me acerco, abro la puerta del coche y verifico (es decir, verifico) que el hombre (porque es un hombre) está muerto con una herida de arma blanca en el pecho. No hay rastros del cuchillo. Recurro a la lupa (otro instrumento óptico) y busco ver si hay huellas dactilares. Luego tengo que decir lo que he visto. Es decir, le dicto al escribiente Medina lo que creo haber visto, las evidencias (anoten esa palabra cuya etimología remite al ver). Medina teclea en su máquina de escribir (instrumento verbal) y en un lenguaje codificado que hemos encontrado a «un masculino, muerto en un automóvil», y así los dos registros de la verdad actúan, disímiles, en nuestra profesión, dijo sonriendo Croce. Ojo, al principio las pistas se rastrean como un baqueano y luego se escribe, o sea, pasamos al lenguaje nuestras observaciones y el pasaje supone criterios y condiciones de verdad que son distintos y, diré más, antagónicos. ¿Se entiende lo que quiero decir?

Más o menos, le dije.

En la senda de la investigación criminal, gana el que puede correr más despacio y el que alcanza último la meta. Hay que llegar tarde, concluyó Croce.

Croce estaba en peligro, por eso pidió licencia, se tomó varias semanas y al final la Irlandesa pudo ir a pasar un tiempo con él en el hotel de la ruta. Su cuerpo alto y esbelto, su melena rojiza y el color rojo del vello del pubis, con su suave rugosidad como de terciopelo entre sus muslos.

172

Croce poco a poco logró, gracias a ella, borrar las atroces imágenes que no podía olvidar. Si efectivamente los papeles eran verdaderos, ¿cómo habían permanecido desconocidos durante tanto tiempo? Esos documentos desclasificados los comprometían. Las preguntas no tenían sentido ahora, pero una tarde, sentada en una reposera en el balcón frente a los jardines, la Irlandesa encontró en un ejemplar del diario *El Mundo* de dos días atrás la imperceptible noticia de que el oficial Juan Lezama se había suicidado de un tiro con su arma reglamentaria en su departamento de Villa Ballester.

–Viste esto –dijo.

Croce se sorprendió, cómo había encontrado esa noticia.

–Me interesan los policías, querido, por razones obvias. ¿Este Lezama no trabajaba con vos?

–No –mintió Croce–. No lo conozco.

Ella lo miró.

–Raro que se haya matado –dijo.

–No es raro –dijo él–, es bastante común, este es un trabajo insalubre. Hay muchas trampas en el negocio del crimen.

–Si lo sabré yo –musitó ella tan bajo que quizá él no alcanzó a escucharla.

Lo más probable, estaba pensando Croce, era que Lezama no hubiera podido escapar a Montevideo. Los servicios de inteligencia andaban detrás de esa pista. Teléfonos intervenidos, seguimientos. El último que queda vivo soy yo, pensó. Iba a tener que huir.

–No pienso –dijo en voz alta, ella lo miró– matarme, querida, espero zafar y que vos para entonces vivas conmigo.

Efectivamente, volvió a su rutina oscura, pero a veces a la madrugada lo despertaban los faros que cruzaban la ruta lejana. Prendía un cigarro y se quedaba despierto mirando el campo, muchas veces con su arma en la mano.

Pero no hubo necesidad, porque un par de meses después se produjo el golpe militar, Perón se exilió y Croce tuvo que esconderse, aunque eran otros ahora los que parecían interesados en matarlo. Conozco demasiados secretos y trapisondas, se dijo Croce. Estaba solo en una casa clandestina cerca del mar. Salió al patio y miró las estrellas. Extrañaba sobre todo a su perro. El Cuzco estaba suelto y comía lo que encontraba. A veces le parecía oír los ladridos lastimeros del animal.

–A mí no me van a agarrar vivo –dijo en voz alta.

Por lo visto, uno de sus informantes había llamado diciendo que tenía un dato pesadísimo. Era un chacarero de Azul, metido en tranzas raras, que pasaba información a cambio de no caer preso. Antes de hablar con él, Croce anduvo por andurriales y tugurios para que se supiera que buscaba información sobre la trata de blancas. De ese modo cubría a su informante, que era un hombre con poder político en la provincia. Se decía que él estaba metido en el tráfico de mujeres. Esa era la información, los materiales sucios garantizaban sus deducciones. Su hombre no era un chantajista pero podía vender la información a quien estuviera dispuesto a usarla políticamente. Empezó a recorrer los piringundines para recoger información. Primero había que embarrarse y recién después podía razonar. Las inferencias silogísticas necesitan previamente hundirse en la turbia realidad. Lo mismo pasa en la filosofía, pensó para reanimarse. Cualquier chichipío kantiano debe mojarse las patas antes de deducir las categorías trascendentales del pensar.

Muerto en la vereda
Resultado (hecho observado): Este asesino es imperceptible.

Regla: Todos los asesinos de este pueblo son impercep-
tibles.

Hipótesis conjetural: Este asesino es de este pueblo.

¿Qué se debe observar? El hecho observado es interpre-
tado según la regla *Todos los asesinos de este pueblo son imper-
ceptibles*. No dar nada por sabido.

–La forma de lo observado debe definir la forma de la
investigación. En nuestro caso, es lo imperceptible. Los
federales ven lo obvio –dijo Croce.

–¿Qué es lo imperceptible? –pregunté.

–Lo que no se ve a primera vista. No es lo invisible, es
lo que está ausente en el momento de ver. Es lo que no se
puede pensar, es el exceso –dijo.

El Olvidado

Croce cruzó la provincia y lo encontró en una tapera
cerca del río Salado. El compañero se llamaba Justo, el Olvidado. Lo encontró en un rancho por Villanueva, estaba
tirado en un jergón, mirando el campo por la ventana. Tenía
un gato barcino y una muchacha aindiada que lo cuidaba.
En una hornalla se calentaba una pava y la joven cebaba
unos amargos. Esteban Justo José era su nombre completo.
No reconoció a Croce.

La mujer le dijo, como quien le enseña algo a un niño:

–Es Croce, el comisario Croce. Vos estuviste con él en
los montes.

Había olvidado deliberadamente toda su vida política.
Se había sometido a un método soviético para borrar la
información que pudiera comprometer a los miembros de
la resistencia peronista. Así, aunque lo torturaran a uno los
policías, no había nada que decir. El método era sencillo,
consistía en cambiar las letras de una palabra que se buscaba borrar de la memoria por una progresión de números.

175

Donde iba el 11 estaba la *a* o donde estaba el 55 iba la *c*. De modo que Croce era el 55795513. Era fácil, se repetía la progresión y al final quedaba en el recuerdo solo una serie de cifras indecisas. Pero algo había salido mal en el experimento de Justo, de modo que su memoria era una sucesión entreverada de números. Por ejemplo, Perón era el 15137951 y Eva lo mismo.

Croce le contaba sus historias confidenciales y Justo las convertía en ecuaciones. Quería aprender el modo de olvidar y pasaba unos días con Justo en la tapera, con la india y el Olvidado.

El crimen produce efectos extraños, une a las personas con sus propios lazos de sangre. Dos chicos a los que conocí en los años duros, Nacho y el Tano, estudiantes de arquitectura, dirigentes estudiantiles muy populares en La Plata, decidieron entrar en la pesada, dijo Croce. Fue en el año 1963, mucha convulsión política. Ellos dos, con otros cuatro o cinco descolgados, crearon las FAL, Fuerzas Armadas de Liberación, primero la sigla y después la política. Quizá fundaron las FAP, o las Fuerzas Armadas Peronistas, da lo mismo. Hicieron un poco de ruido porque coparon una guardia en Campo de Mayo, pintaron consignas en las paredes y se llevaron armas y pertrechos, fierros, se decía en la jerga de aquellos años, pero necesitaban plata.

Secuestraron a la hija de un banquero de Villa Elisa y todo había salido mal. El padre no quiso aflojar, pasaban los días y al final habían tenido que matarla. La chica tenía diecinueve años. Me enteré un tiempo después, dijo Croce. Era raro verlos, el Tano era como el mucamo, estaba con Nacho, que lo mantenía porque había sido el que había matado a la chica. La habían llevado en un auto, la habían bajado en una zona cercana a un horno de ladrillo y la habían matado de un tiro en la cabeza.

Nacho y el Tano vivían juntos, estaban atados por el secreto, eran una pareja, no podían separarse y vivir el uno sin el otro. Yo también estuve en el entrevero porque no los detuve y encubrí el crimen. La política tiene otra ética, una moral poskantiana, yo la llamo la segunda ética. Alquilaron una casa en la provincia y ahí Nacho se mató en el 75.

–¿Y el Tano? –pregunté yo.

–Anduvo como alma en pena, se convirtió en un chorrito y al final lo detuvieron en Santa Fe. Piensa que está pagando la pena por la muerte de la chica. Lo fui a ver hace un par de meses y me dijo: Si salgo en libertad voy a matar a alguien, así vuelvo a la cárcel. Acá estoy tranquilo, a veces sueño con la chica. Antes de que la matara me dijo: Yo no voy a decir nada si me sueltan. Nada de nada, y ahí le di un tiro en la nuca para que no sufriera.

Consistencia. Principio básico que indica que las políticas, los métodos de cuantificación y los procedimientos contables deben ser los apropiados para reflejar la situación, debiendo aplicarse con criterio uniforme a lo largo de un período y de un período a otro. Solidez, duración de una cosa. Coherencia entre las partículas de una masa. El pensar consistente, dijo Croce, esa es mi ilusión.

El hotel
El hotel se alzaba blanquísimo en lo alto de la colina. Peco, que había perdido su barca por la competencia de los barcos factoría chinos que habían liquidado la pesca artesanal, trabajaba de guardavidas en verano y en invierno cuidaba el hotel vacío. Croce lo visitaba y pasaban la tarde charlando. Mi compañía en la soledad del invierno es mi

radio portátil, decía. Andaba siempre con ella. Un día desapareció Peco, no se supo nada de él. Croce, con una ganzúa, abrió la puerta del hotel. Piezas y piezas vacías, las recorrió con una sensación de tristeza. Al fondo oyó una música que parecía venir de la zona muerta del hotel y así encontró el cadáver de Peco, que había fallecido, escribió Croce en el informe, de un ataque cardíaco. La radio Spica sonaba débil porque sus pilas estaban en las últimas. Llegué justo, pensó Croce, un día más y no la hubiera oído.

El inglés Ganohn se había suicidado. Cuando Croce llegó a la estancia, el principal Medina, su ayudante, ya había hecho el trabajo sucio, de modo que el comisario no tuvo que ver el cadáver. No le gustaban los muertos y trataba siempre de que su ayudante se ocupara de los cuerpos. Él se encargaba de analizar las causas y las consecuencias, pero evitaba la engorrosa revisión. Un cadáver no dice nada que no se sepa. Un tiro, una herida de arma blanca, en este caso Ganohn se había colgado de un parante del techo de la leñera, una soga con nudo marinero. Como a todos los ingleses, le atraían el mar y la navegación, pero debió contentarse con la llanura y se dedicó quizás a hacer nudos y a observar el horizonte con un sextante de barco que había traído de Londres.

La mujer lo hizo pasar, le sintetizó los hechos. No había dormido allí, le dijo, estaba vendiendo unos terneros en Azul. A la mañana los chicos lo encontraron en la leñera, fueron a jugar como siempre y se encontraron con su padre colgado del techo.

Estaban tomando el desayuno con sus tres hijos, chicos muy despiertos, una niña y dos varones. Los había visto varias veces. No parecían asustados por el suceso.

–Ella siempre se olvida –dijo uno.

—¿De qué me olvido? –dijo la madre.

—De todo –dijo la nena.

—Por ejemplo –dijo el chico–, del tío Enrique, que anoche durmió con vos.

—Sí –dijo la niña–, y él mató a papá.

El caso se había resuelto.

La práctica es el único criterio de verdad, afirmó Croce. Cómo sé que lo que he deducido es cierto. Fácil. Digamos que he inferido que todos los patos de la laguna son blancos. Para justificar la generalización, según el método hipotético deductivo, tendría que buscar a todos los patos para comprobar que todos son blancos, algo difícil. En cambio, con mi método, habría que hacer lo contrario, buscar un pato de cualquier otro color, azul, negro, etcétera... Así solo nos hace falta buscar un pato diferente para mostrar que la hipótesis no sirve, algo mucho más fácil.

Mi segundo principio, dijo Croce una tarde, es que en igualdad de condiciones, la explicación más sencilla suele ser la más probable. Esto implica que, cuando dos hipótesis tienen las mismas consecuencias, la más simple tiene más probabilidades de ser correcta que la compleja. Sin embargo, la explicación más simple y suficiente es la más probable, mas no necesariamente la verdadera. En ciertas ocasiones, la opción compleja puede ser la correcta. Una teoría más simple pero de menor evidencia no debería ser preferida a una teoría más compleja pero con mayor prueba.

El lenguaje es la realidad inmediata del pensar, se dijo Croce. O sea, dedujo, que entre el pensamiento y lo real, las palabras serían el puente, la mediación, el nexo. Eso supone que la estructura es la misma en los dos niveles, es decir, la sintaxis tiene algo en común con la articulación de los sucesos que constituyen un hecho. Se perdía en esas abstracciones. ¿Y el pensar?, pensó. Tiene que estar ligado a la esencia del fenómeno pensado. Por ejemplo, una meseta que atravesaba en su coche tenía que tener un elemento común que permitiera pensarla. Sí, concluyó, pero me extravié, no voy a ningún lado, tengo que volver a la ruta 2.

Vencimiento, es decir la derrota. Todas las derrotas personales, o políticas, o policiales, pero también económicas. Cumplimiento del plazo de una deuda u obligación. Rendición. Vencedero, ser vencido. Fecha en la que se ejecuta una deuda. Sí, concluyó Croce, ejecución de los vencidos.

La inferencia hipotética, dijo Croce, aumenta su veracidad a medida que su seguridad o aproximación a la certidumbre disminuye. El razonamiento depende de nuestra esperanza de adivinar, tarde o temprano, las condiciones bajo las cuales aparecerá la solución. En la medida en que decrece la certeza de una conjetura, aumenta proporcionalmente su valor de evidencia. He comprobado, agregó Croce, que muchos de mis casos se consideran insolubles por las mismísimas razones que deberían inducir a considerárselos fácilmente solucionables; me refiero a lo extraño de sus características. Son problemas que llevan, por esa misma circunstancia, las claves de su solución.

Las técnicas de investigación de Croce. Imaginación y perspectiva, una mezcla de esas dos potencialidades. Croce practicaba la ciencia de la deducción, la imaginación. Practicaba un uso oblicuo del saber. Por ejemplo, dijo Croce, el saber previo, es decir, lo que uno conoce del mundo y sus alrededores antes de entrar en un caso, la conjetura anterior,

¿qué es? Una percepción premonitoria. Un muerto en la vereda, qué se sabe al llegar. Edad, estado civil, nombre y las causas inmediatas del deceso, y luego hay que reconstruir hacia atrás las razones del crimen. En eso reside mi trabajo, deducción retrospectiva. Eso es todo, concluyó.

Tenemos las reglas, o sea la experiencia. ¿De qué se trata? De las certidumbres apriorísticas. Por consiguiente, hecho observado (digamos un muerto en la vereda del mercadito) es igual a conclusión provisoria, es decir, argumento original. La cronología es la clave. ¿Qué está primero? La observación de los detalles (lo que yo llamo vistazo premonitorio). Por eso hay que ser lento y llegar un poco tarde, dijo Croce.

Los rastreadores de la pampa podían vivir de la caza. En el curso de interminables persecuciones, los perseguidores de la llanura aprendieron a reconstruir el aspecto y los movimientos de una presa invisible a través de sus rastros: huellas en terreno blando, ramitas rotas, excrementos, pelos o plumas arrancados, olores, charcos enturbiados, hilos de saliva. Aprendieron a husmear, a observar, a dar un sentido a la más mínima huella. Ese es mi método, dijo Croce.

NOTA DEL AUTOR

Compuse este libro usando el Tobii, un *hardware* que permite escribir con la mirada. En realidad parece una máquina telépata. El interesado lector podrá comprobar si mi estilo ha sufrido modificaciones. Mis otros libros los escribí a mano o a máquina (con una Olivetti Lettera 22 que aún conservo). A partir de 1990 usé una computadora Macintosh. Siempre me interesó saber si los instrumentos técnicos dejaban su marca en la literatura. ¿Qué cambia y cómo? Dejo abierta la cuestión.

El otro rasgo de este volumen es que seguí (o traté de ser fiel a) la tradición realista del género policial. En este sentido, la mayoría de los relatos se basan en hechos reales. Por ejemplo, «La música» está basado en la historia del marinero yugoslavo Pesic, que fue acusado de haber asesinado a una alternadora en un turbio cafetín del puerto de Quequén y condenado a diez años de cárcel.

«La película» está inspirado en un mito urbano que se contaba en 1955 en las vísperas de la caída de Perón y también después de la Revolución Libertadora. Incluso se llegó a decir que en la Cinemateca Uruguaya iban a presentar la película para un grupo de periodistas extranjeros, pero Alfredo Palacios, que era el embajador argentino en Uruguay en aquellos días, lo impidió. Ese relato, cuya sola mención era ya una calumnia, circulaba en mi familia e indignaba a mi padre. De golpe, de un día para otro, el rumor se disipó, pero me quedó el recuerdo, y retomé la intriga y escribí la historia como uno de los casos resueltos por Croce.

Respecto a «El impenetrable», diré que mi amigo Elías Semán, detenido desaparecido todavía hoy, me contó una tarde la vida del hombre más desencantado y más escéptico que había conocido. Lo vio un par de veces, pero luego le perdió el rastro. A partir de ese personaje borroso y desesperado imaginé una trama. Luego hice que el comisario Croce le siguiera los pasos y reconstruyera su historia.

El caso del joven que roba el cadáver de su padre y el del médico que cree padecer una deformidad en la cara forman parte del abundante anecdotario de mi familia, que mi madre transmitía con un encanto particular.

«El Astrólogo» es, como sabemos, uno de los mayores personajes de la narrativa argentina, le imaginé un final y reconstruí su historia. «El jugador» proviene de una anotación de Chéjov, cuyo análisis realicé en un pequeño ensayo años atrás. «La resolución» está inspirado en *El signo de los cuatro,* de Conan Doyle, o mejor, en el análisis de ese relato realizado por los críticos Bonfantini y Proni. Los poemas que se citan en «La excepción» pertenecen al libro de Claudio Mamerto Cuenca, médico del ejército de Rosas y poeta

184

romántico, muerto en la batalla de Caseros (cfr. *Obras poéticas escogidas,* de C. M. Cuenca, París, Garnier, 1889).

En cuanto a «La Señora X», la experiencia me la contó una querida amiga a la que seguiré llamando X, una tarde en el bar del Torreón en Mar del Plata. Fingí la carta, y, al revés del cuento, el agresor no fue apresado.

Para los que estén interesados en estos asuntos, quiero recordar que el comisario Croce es uno de los protagonistas de mi novela *Blanco nocturno.* Me gusta el hombre, por su pasado y por el modo imaginativo con que afronta los problemas que se le presentan. Anda metido siempre en misterios y asuntos ajenos. Estos comisarios del género son siempre un poco ingenuos y fantasmales, porque, como decía con razón Borges, en la vida los delitos se resuelven –o se ocultan– usando la tortura y la delación, mientras que la literatura policial aspira –sin éxito– a un mundo donde la justicia se acerque a la verdad.

RICARDO PIGLIA
Buenos Aires, 3 de marzo de 2016

ÍNDICE